ネコとキツネの霊にとりつかれた
…なんて話をいきなりされて一体何人の人間が信じるだろうか？
だって…
しょうがないじゃないホントのことなんだから！
にゃんコン！
世の中って時々スゲー理不尽だ
コミック◎成瀬 守

そんな二人との共同生活は…
だいすけぇ…
実家=動物病院。
お願い！たすけてぇ…
ふる…
お、おい どうした？
私も もう我慢できなくて…
え？
えっ？
大介のほしいよぉ
ちょっ！ま、まって！
大介さん ごめんなさい でも…
お約束の発情期

なし崩しのうちにハーレム展開
あっうぅッ!!
イクッ!
ピュッ
ふあああぁ!!!
ピュッ
出る
あん♥
ドピュ
ある意味夢のような生活…
ドピュ

ピクッ
なんだけど
ピクッ
ちょ…
ちょっと休ませて…
だ～めっ
まだまだいっぱ～い
コン♥
かわいがってくれなきゃ
ね？
にゃ♥
前途多難？
あ～ん♥
は～ん♥
てかオレ
二人が元に戻るまで
無事でいられるのかな？

にゃんコン！

ネコ耳ナース？　キツネ巫女？

石川千里

illustration ©成瀬　守

美少女文庫
FRANCE SHOIN

プロローグ

あたし、耳が生えちゃった!?

「ほ～ら。ラビ太、晩ご飯だぞ」

茂野《しげの》大介《だいすけ》が声をかけながら、ペレットと小松菜《こまつな》の入ったトレイをケージのなかに差し入れる。すると、ジャパニーズホワイトと呼ばれる白ウサギがひょこひょこと近づいてきて、餌を食べはじめた。

「はぁ。やっと終わったか。まったく、せっかくの冬休みなのに、父さんが入院なんてするから……」

と、すべての動物に食事を与え終えた少年は、ため息混じりにボヤいた。

茂野動物病院は、少年の父・茂野徹《しげのとおる》の病院である。病院は北栗町《きたぐりちょう》という小さな町のさらにはずれにあるが、名医という評判もあって、診察日には患者がひっきりなしに訪れていた。

徹の思考は、とにかく動物のことが最優先だった。町のはずれのいささか不便な場所に病院を建てたのも、入院した動物たちがゆったり快適に過ごせる環境を提供したかったからだという。

また、徹は野生動物の保護などを行なうボランティア活動にも、積極的に参加していた。四日前も、彼はその活動の一環で、怪我をして動けなくなった動物の治療で山へと入ったのである。

ところが帰りに遭難し、片足と骨盤《こつばん》を骨折してしまった。幸い、命に別状はなかったものの、当分は入院して絶対安静とのことだ。

「医者の不養生《ふようじょう》じゃないけど、動物の怪我を治しに行って自分が怪我していたら、ザマはないよなぁ」

おかげでこの数日間は、食事をする間もろくにないくらいあわただしかった。なにしろ、動物病院に入院していた動物たちを別のところに転院させたり、飼い主のもとに戻したり、といった連絡から実務までを、ほぼすべて少年が一人でする羽目になったのである。

それでも、空きがなくて転院させられなかったり、捨てられるなどして引き取り手のない動物たちが、十数匹ほど残っている。父の退院まで彼らの世話をするのが、冬休み中の大介の仕事だ。

私立諒明院学園高等部《しりつりょうめいいんがくえん》に入って最初の冬休みだったので、本当は友人たちと遊びに行く約束もしていたのだが、当然すべてキャンセルせざるを得なかった。それが、今さらながらに悔しくてたまらない。

病院の入院施設は、イヌ科の動物専用の犬舎とネコ科専用の猫舎、さらにその他小動物の部屋と三つに分かれている。一つひとつの部屋はそれほど大きくないものの、一人ですべてをまわって世話をしていると、結構な時間を食ってしまうのだ。

それに、いつもは幼なじみでクラスメイトの桜沢真由《さくらざわまゆ》が手伝いに来てくれるのだが、今日は珍しく朝から姿を見せていない。

「せめて、動物看護師がいてくれればなぁ……」

運の悪いことに、つい先日まで働いていた動物看護師の女性は、クリスマスに結婚式をあげるため退職したばかりだった。挙げ句、新しい動物看護師が見つかる前に今回の事態になってしまったので、結局は院長の息子である少年がとばっちりを食った格好である。

窓から暗くなった外を見ると、相変わらず雪が降りつづいていた。

北栗町は豪雪地帯ほどではないものの、そこそこ雪が積もる。これだけの降雪があると、明日の朝は雪かきをする必要がありそうだ。

「さて、あとは自分の晩飯を作らないと。と言っても、今日は真由が来なかったから、カップ麺《めん》ですますしか……」

大介がボヤきながら診察室から廊下に出たとき、病院の玄関のチャイムが鳴った。

「なんだよ？　ちゃんと、『都合によりしばらく休診します』って貼り紙をしてあるじゃん」

この雪のなか、わざわざ町はずれの動物病院まで来るというのは、よほどの緊急事態なのだろうか？

少年が、出るべきか否か迷っていると、

「大介、いるんでしょ？　開けてニャ」

引き戸の向こうから、聞き慣れた幼なじみの少女の声がした。しかし……。

「……ニャ？」

真由は、語尾に「だぞ」とつけて少し男の子っぽい言葉遣いをする少女である。だが、今のようにネコもどきのしゃべり方をしたことはない。

「本当に真由か？　ウチの合い鍵を持っているのに、どうしたんだよ？」

大介は、首をかしげつつ玄関に向かった。

幼なじみの少女は、十年前に大介の母が死んで以来、男所帯《おとこじょたい》を見かねて毎日のように食事の準備や洗濯といった家事をしに来てくれていた。おかげで、徹も真由を家族のように受け入れて、住居の合い鍵まで渡している。つまり、彼女ならわざわざ表の病院の玄関を叩かなくても家に入ることができるのだ。

第一、こんな時間になってからやって来るのも妙な話である。手伝いをするためなら、もっと早い時間に来るだろう。

「それが、ちょっと事情があって……とにかく、早く入れてよ。寒くて仕方がにゃいんだぞ」

少し苛ついた少女の声をいぶかしがりながらも、大介は鍵を開けて引き戸を引く。

そこには、雪まみれのニットの帽子を深々とかぶり、分厚いコートに身を包んだ少女が立っていた。彼女の背中には、少女の上体をスッポリ隠すほどの大きなリュックが見える。この雪と寒さなので、服装のことはあまり気にならないが、見るからに荷物が大量につめこまれているリュックが、妙な違和感をかもしだしている。

「真由？　なんだよ、その荷物は？　まさか、家出をしてきたってワケじゃないだろうな？」

「違うぞ、バカ！　事情はすぐ説明するから、とにかく身体を温めさせてよ」

ムッとした少女の様子に肩をすくめ、大介は傍《かたわ》らにどいた。

雪の具合から見て、外の気温は氷点下になっていることだろう。こうして戸を開けているだけでも、冷気がどんどんと室内に流れこんでくる。立ち話などしていたら、こちらが風邪《かぜ》をひいてしまいそうだ。

「ああ、寒かった〜。やっぱり、病院のにゃかってあったかくて気持ちいいニャア」

戸を閉めて診察室に入ってきた真由が、フニャッと表情をほころばせる。

「……ニャ？　真由、おまえどうしたんだよ？」

大介が指摘すると、なお、帽子とコートを脱ごうとしない少女が、ハッとしたように手で口を覆った。

「……あたし、また……えっと、そのぉ……」

真由が、妙にうろたえた様子を見せて顔を赤面させる。

「いったい、なんなんだよ？　その荷物のこともあるし、さっさと事情とやらを聞かせてもらおうか？」

にらむようにうながすと、ようやく意を決したのか、少女が上目遣いに大介を見つめた。

「あの、ね……驚かないでよ。って言っても、無理かもしれないけど……でも、好きでなったワケじゃないんだからね。本当だぞ」

しつこく前置きをする真由の態度に、少年は苛立ちを隠せなくなってきた。

「だから、どうしたんだよ？　いつもの真由らしくないなぁ」

普段の彼女は、言いすぎと感じるくらい、思ったことをはっきり口にする。その性格のせいもあって、学校でも真由を気に入っている人と嫌っている人が明確に二分されていた。そんな少女が、ここまで言葉を濁すのは非常に珍しい。

「と、とにかく、笑ったりしたらダメだぞ。あたしだって、すっごく恥ずかしいんだから」

と言いながら、真由がためらいがちに帽子を脱ぐ。

彼女の頭があらわになったとき、大介は目を疑った。

リボンのついたセミロングの髪はいつも通りなのだが、その頭には見慣れないものがついていたのである。

「……耳?」

それは、どこをどう見ても動物の耳だった。

さらに真由はコートを脱いで、諒明院学園高等部の制服姿を現わした。制服を着た少女の姿は、すっかり見慣れている。ただ唯一いつもと違うのは、膝裏まで達する「し」の字のような尻尾がスカートの裾から見えていることだ。

耳の形や尻尾の形から考えて、どうやらそれらがネコのものらしいことは、さまざまな動物を目にしていたからわかる。だが、大介は驚きのあまり、どう反応していいかわからなくなっていた。

「な、なによ? 少しは、なんとか言いなさいってば」

あまりに少年が無反応だったせいか、真由が不安そうに口を開く。

「……桜沢真由。どうしてネコ耳のコスプレなんぞしているのか、理由を教えてもらいたい」

大介がようやく言うと、少女は頬をプウッとふくらませた。

「コスプレじゃにゃいぞ！　よく見てニャ！」

怒鳴り声に合わせて、耳や尻尾がフルフルと動く。

それでも電池かなにかで動いているのではないかと思いつつ、大介は少女に近づいて彼女の頭をマジマジと眺めた。

通常、ネコ耳のコスプレなどするときには、耳つきのカチューシャを装着するのが一般的のはずだ。しかし、同級生の少女の頭にはそんなものはなく、ネコ耳が頭から直接生えている。もちろん、耳をじかに頭に貼りつけた可能性も否定できないが、そうであれば動いたりはしないだろう。

「まさか……？」

首をかしげながら少年が耳に軽く触れた瞬間、真由が「にゃんっ！」と悲鳴をあげて飛びあがった。

「もう！　いきにゃり、にゃにするニャ？」

と、少女がにらみつけてくる。

「わりぃ。けど、本当に本物みたいだな？　じゃあ、ひょっとして尻尾も？」

「えっ？　あ、ちょっ……」

少女が面食らってなにか言おうとしたが、その前に大介は尻尾を撫でていた。

「ふみゃあああんっ！」

なんとも甘い悲鳴をあげ、真由がどこか気持ちよさそうな表情を見せる。

今まで見たことのない艶やかな顔に、大介の胸が一瞬、大きく高鳴る。

だが、少女はすぐに我《われ》にかえると、

「にゃにすんの、このエッチぃぃぃぃぃぃぃっ！」

と、爪を立てた手を大きく振りあげた。

Ⅰ 耳っ娘たちと甘い同棲生活!?

1 意外な訪問者

頬にうっすらと四本の引っかき傷を作られて、大介は二階の住居部に移って治療を終えたあとも不機嫌だった。

「そりゃあ、俺も悪かったけどさ。だけど、なにも引っかくことはないだろうが」

幸い、真由が爪を伸ばしていなかったから大した傷にならなかったが、痛かったことに変わりはない。

「し、仕方がないでしょ。あたしだって、したくてやったんじゃないんだから。だいたい、いきなり尻尾を触るのは失礼なんだぞ」

救急箱を片づけながら、ネコ耳少女がそっぽを向いて弁解する。

ネコの礼儀作法など知らない、と思いつつも、さすがに大介もそれ以上は反論する気が起きなかった。

「それにしても、まさかミーシャの魂が取り憑《つ》いたとはねぇ……」

と、少年はあらためてため息をつく。

治療を受けながら少女から聞かされた話は、いささか信じがたいものだった。

ミーシャとは、桜沢家で飼われていた雌ネコである。真由はもちろん、彼女の両親にもとても可愛がられていたが、数カ月前にリンパ肉腫《にくしゅ》が見つかり、しばらく茂野動物病院に入院したのち、一カ月ほど前に死去した。

愛猫《あいびょう》を失った直後の真由の悲しみようは、見ているほうがつらくなるほどだった。それでも、ようやく気持ちの整理がついたのか、最近になって以前の明るさを取り戻したのである。

そんな彼女に、ミーシャの魂が乗り移ってネコ耳少女にしてしまうとは、いったいなにがあったのだろう?

「おまえ、よっぽど恨まれるようなことでもしたのか?」

「なっ……違うわよ。ミーシャがあたしに取り憑いたのは……」

と、真由が反論しようとしたとき、今度は住居の玄関のチャイムが鳴った。

「なんだぁ?　悪い、ちょっと待っててな」

大介はひとまずソファから立ちあがり、玄関へと向かった。

「はい？　どちら様？」

廊下からドアに向かって言うと、

「あ……だ、大介さん？　あの……わたし、宮ノ森《みやのもり》です」

外から、おずおずとしたソプラノが聞こえてくる。

「宮ノ森《みやのもり》……静華《しずか》先輩!?」

一瞬、呆気にとられた少年は、相手の正体を知って素《す》っ頓狂《とんきょう》な声をあげていた。

宮ノ森静華は、この北栗町に古くからある宮ノ森神社の宮司《ぐうじ》の娘で、大介が通っている学園の高等部の二年生である。

（ヤバイッ！　真由がいるだけでも誤解されそうなのに、あの耳を見られたら……）

ネコ耳になった少女のことが、万が一にも第三者に知られたら、大変な事態になりかねない。

「せ、先輩、ちょっと待ってて！」

ドア越しに声をかけると、大介はあわててリビングに戻った。すると、真由が不安そうな目を向けてきた。

「大介、今『静華先輩』って言ってたけど……あの静華さん？」

「ああ。真由、ちょっと隠れててくれよ。先輩と顔を合わせたら、ネコ耳のことでなにを言われるか、わかったもんじゃないからな」

なにしろ静華は巫女《みこ》で、また霊感を持っているという噂もある。死んだ飼いネコの霊に取り憑《つ》かれた少女を見たら、どんな反応を示すのか考えるのも恐ろしい。

加えて、少年を介する形で顔なじみになっているとはいえ、真由がここにいるのを静華に見られたら、あらぬ誤解を受けてしまう気がする。

「じゃあ、あたしは大介の部屋にいるから、なんとか静華さんに気づかれないようにしてよ。あたしのことを話したりしたら、絶対にダメなんだぞ」

少年の思いに気づいた様子もなく、真由が口を開く。

「わかってるって。とにかく、しばらくおとなしくしていてくれよ」

そうして、少女が荷物を持って部屋に隠れるのを見届けてから、大介は再び玄関に向かった。

「寒いのに待たせてゴメン、静華先輩。今、開けるから」

とドアを開けると、そこには確かに大介がよく知っている、腰までの長い髪が印象的な少女の姿があった。彼女は、頭全体を隠すようにスキー帽を深々とかぶり、足もとまで隠れるロングコートを着こんでいる。おまけに、手には大きなボストンバッグが握られていた。

ドアが開いて顔をあげた静華が、少年を見て目を丸くする。

「大介さん？　その顔、どうしたんですか？」

頬にうっすらと傷が残っていることを思いだし、大介はあわてて手でそれを隠しながら苦笑いを浮かべた。

「いや、ちょっと……それより、静華先輩こそこんな時間にどうしたのさ？　それに、その荷物はいったい？」

そう聞いてから、少年は学校でも一、二を争う美貌と評判の美少女が、ひどく陰鬱《いんうつ》な表情を浮かべていることに気づいた。

「あの……ごめんなさい、急に押しかけて……でも、わたし、ここに来なきゃいけなくて……」

今にも泣きだしそうな顔で、少女が口を開く。

「とにかく、そんなところに立ってたら寒いでしょ？　さあ、あがってよ」

とうながすと、静華は少しためらいがちに玄関へと入ってきてドアを閉めた。

「先輩、ウチへ来なきゃいけなかったって、どういうことさ？」

「そのぉ……実は、信じられないことだとは思うんですけど、えっと……わたしも、どう説明していいかわからないコン……でも……」

上級生の少女は、すっかりしどろもどろになっている。そのため、自分が口走った言葉に違和感があったことにも気づかなかったようだ。

少年が「コン？」と首をかしげると、静華はハッとして口をふさぐ。

「まさか……先輩まで、ネコ耳になって尻尾が生えちゃった、とか言わないよね？」

彼女の態度や格好、大きな荷物を見ていて、大介は思わずそう聞いてしまった。

ところが、笑われるかと思いきや、少年の言葉を聞いた静華の表情がピキッと音をたてんばかりに強《こわ》ばった。

「だ、大介さん……どうして、それを？」

少女の思いがけないリアクションに、今度は大介が驚く番だった。

「ほえ？　まさか、本当にそうなの？」

「ええ。と言っても、わたしはネコ耳じゃありませんけど……」

覚悟を決めたのか、少女がゆっくりと帽子を脱ぐ。

その頭に生えていたのは、毛がフサフサと生えて二等辺三角形をした大きめの耳だった。さらに、コートを脱いで制服姿をさらした静華のスカートの裾からは、ふんわりとしたやや長めの尻尾が顔をのぞかせている。

「あああああっ!!」

大介が驚きの声をあげるより早く、背後から甲高《かんだか》い叫び声が聞こえてきた。

振り向くと、物陰から飛びだしたネコ耳少女が、静華のことを指差している。

「え？　ええっ？　どうして真由さんが？　それに、その耳は……」

驚く上級生を尻目に、真由は指を差したまま脱兎《だっと》のごとく一気に二人に近づき、さまざまな角度から静華の耳や尻尾を眺めはじめた。

「……うわぁ、静華さんのも本物だぁ……」

観察モードに入っていたネコ耳少女が、驚きともなんともつかない声をもらして上級生から離れる。

想定していなかった展開の連続に、大介は頭を抱えるしかなかった。

「はぁ〜。真由、おまえ部屋で待ってろって言ったのに、なんで……？」

すると、ネコ耳少女はようやく自分がなにをしていたか思いだしたらしく、「ふえ？」と声をあげて目をパチクリさせた。それから、妙にオドオドと視線を泳がせながら、

「えっと……だ、大介が静華さんに変なことをしないか、こっそり見張っていただけだぞ。そうしたら、静華さんのキツネ耳が見えたから……その、ビックリしちゃったんだニャン」

いささか納得のいかない言いわけだったが、今はそのことをあれこれ追及するどころではない。

そう、静華の頭にはまがうことなきキツネの耳が、そして臀部からはキツネの尻尾が生えていたのである。

「あ〜……なんで、静華さんにキツネ耳が生えてるの？」

大介が疑問をぶつけると、一歳年上の少女がおずおずと口を開いた。

「えっと……この前死んだコンちゃんの霊が、わたしに憑依《ひょうい》したんです」

「キツネの……コン？　ああっ、もしかして！」

少年は、ようやくその正体に思い当たった。

真由の飼いネコのミーシャが死ぬ直前、静華が茂野動物病院に一匹の野ギツネを担ぎこんできたことがある。それは、巣立ちをして間もない雌のホンドギツネだった。

だが、キツネは自動車にはねられたそうで、内臓に甚大《じんだい》なダメージがあって父でも手の施しようがなかったらしい。それでも父は可能な限りの治療をつづけ、静華もキツネが死ぬまでの二週間、学校帰りや神社の務めの合間に、毎日のように見舞いに来ていた。

やがて、キツネが力つきて死んだとき、少女は大切なペットが死んだように泣き崩れ、しばらくは声をかけるのもはばかられるほど落ちこんでいたものである。

学園で飼われている動物の世話を、率先して引き受けるほど動物好きな少女にとっては、たとえ野生のキツネであっても、死を目の当たりにするのはつらかったらしい。

（ミーシャにコンか……それにしても、同じタイミングでいきなり二人に憑依するなんて、いったいどういうことなんだ？）

そんな疑問があらためて脳裏をよぎり、大介はとにかく話を聞こうと二人に向き直った。

2　一つ屋根の下

「……そうだったんですか、真由さんも」

「ホントにビックリ。静華さんも、あたしと同じだったんだぁ」

大介の前のソファに並んで座っている二人の少女が、互いに話を終えて安堵《あんど》したような表情を浮かべる。

腕組みをした少年は、一通りの話を聞いてため息をついた。

「う〜ん……事情は、だいたいわかったよ。そうか、それでウチに来たんだ」

それぞれ若干事情は異なるものの、真由と静華がほぼ同時に耳っ娘になったのは偶然ではなかったのである。

真由と静華は、それぞれに取り憑《つ》いた動物霊と心で会話することができる。ただ、そうして二人が大介に語った話は、にわかには信じられないものだった。

彼女たちによると、成仏《じょうぶつ》できなかった動物霊が人間や他の動物に憑依するには、いくつかの条件をクリアしなくてはならない。

その一つが、四十九日までの満月の夜に儀式を行なうことである。他にもいくつかの条件はあるが、とにかく満月の神秘の力を借りて動物霊は他者に取り憑《つ》くことができるのだ。そして、昨日がちょうど満月だったのである。

ちなみに、この条件や儀式の方法は、動物の世界で親から子へと語り継がれているらしい。とはいえ、人間への憑依《ひょうい》の成功率は決して高くないため、行為自体がタブー視されているとのことだ。

それでも二匹が憑依に踏みきったのは、茂野動物病院の危機があった。

「ミーシャは、この病院にすごくお世話になっていたから、恩返しをしたいって思っていたのよ」

「コンちゃんも、死にかけていた自分に治療をしてくれた先生に感謝していて、やっぱりなにか恩返しをしたいって、ずっと思っていたらしいんです」

「で、父さんが入院して俺が苦戦しているのを見かねて、それぞれよくしてくれた相手に憑依した、と……」

納得のいくような、いかないような話ではあったが、現実にネコ耳だのキツネ耳だのの見せられたら、ひとまず信じるしかないだろう。少なくとも恨みなどで憑依したのではないのは、二人の動物たちとの交流の仕方を見ていれば明らかだ。

そもそも、大介が静華と知り合ったのは、学園で飼われている動物の世話がキッカケだった。一歳年上の少女は、一年生のときから動物の世話係を買ってでて、二年になっても一日も休まずつづけていたのだという。その点、家が動物病院だからと半ば強制的に役割を押しつけられた少年とは、心構え自体が違う。

もちろん、ミーシャを愛してやまなかった真由も、他の動物たちの世話を熱心に手伝ってくれていた。恨まれることなど、まず考えられない。

「それで、ミーシャの話では、成仏《じょうぶつ》するにはおじさんが退院する頃まで、あたしが病院を手伝わなきゃいけないいんだって」

ネコ耳少女の言葉に、静華も大きくうなずく。

「わたしも同じです。院長先生の退院日が決まれば、コンちゃんは成仏すると言っています」

「だけどなぁ。手伝うと言っても、病院を勝手に開けるわけにはいかないし」

大介は、半ばボヤくように答えるしかなかった。

父を手伝っていたおかげで、少年も少しくらいなら動物の治療をすることはできる。しかし、獣医として活動するには獣医師免許が必要なので、勝手なことをすれば法律違反に問われてしまう。そもそも、注射や薬の処方ができないのだから、病院を再開することなどできっこない。

「え、えっと、それなら大丈夫ニャン。別に、開いている病院を手伝うんじゃなくて、大介が今やっていることをフォローすればいいだけだぞ」

「そう、そうなんだコン。その、わたしたちも素人《しろうと》ですから」

あわてた様子の真由に、キツネ耳少女もなにやら泡を食って同意を示す。

その言動に妙な違和感はあったが、彼女たちがそうだと言うのなら大介にはこれ以上ツッコミのしようがない。

「そっか。じゃあ、いいけど……でも、どうして住みこみなのさ？　特に真由の家は、ウチから近いんだし」

と聞くと、ネコ耳少女が「呆れた」と言わんばかりに大きなため息をついた。

「あのね、この耳で人前にそうそう出られると思う？　もしも誰かに見られたら、大変なことになっちゃうぞ。それに、ウチのお父さんもお母さんも、理由を話したらちゃんとわかってくれたもん」

「わたしも、真由さんとほとんど同じです。しかも、父からは『巫女がキツネに憑《つ》かれるとはなにごとか』とお叱りを受けてしまって……コンちゃんが成仏《じょうぶつ》するまで、神社の敷居をまたぐことを禁止されてしまいました」

一歳年上のキツネ耳少女のほうも、おずおずと理由を説明する。

ちなみに、宮ノ森神社では除霊の類《たぐい》もやっているので、当然のごとく静華も父からお祓《はら》いを受けたのだが、まるで効果がなかったとのことだ。どうやら、祈祷《きとう》で祓えるのはあくまでも悪霊であって、コンのように邪念のない存在を強制的に排除することはできないらしい。

だが、そんな理屈は一般人には通用しない。宮司《ぐうじ》の娘が、よりによってキツネの霊に憑依《ひょうい》されたとあっては、神社の威信にもかかわるのだろう。

しかし、二人の表情がちっとも迷惑そうに見えないのは、大介の気のせいだろうか？

とはいえ、確かに彼女たちの言葉にも一理ある。本物のネコ耳やキツネ耳を誰かに見られでもしたら、いくら小さな町でも大変な騒ぎになることは必至だ。

（だけど、女の子二人と一つ屋根の下で暮らすってのは、さすがにちょっと……）

ましてや、真由のことも静華のことも、気になる存在として意識しているのだ。そんな美少女たちと寝泊まりをしていたら、いったいどういうことになってしまうか。

（なんか、とんでもないことになりそうな気が……）

背筋に氷水のような冷たい汗が流れ、大介は悪寒《おかん》で体をブルッと震わせた。

3 マタタビ

「大介。シマタロウが、お腹空いたって」

「大介さん。ワン太くん、右の前足の傷が痛むそうです」

猫舎と犬舎に分かれていた真由と静華が、ほぼ同時に少年を呼ぶ。

驚いたことに、動物霊に取り憑《つ》かれた少女たちは、他の動物と会話ができるという特殊能力を会得していた。おかげで、入院中の動物たちがなにを望んでいるのか、正確につかめるのは心強い限りである。

「食事はできてるから、真由があげておいてくれ。俺、ちょっとワン太を診《み》るからさ。静華先輩、ワン太を診察台に連れてきて。傷を消毒して、包帯を替えるよ」

大介の指示に、ナース服姿の二人の少女がそれぞれに動きだす。

押しかけてきてから一晩が経ち、真由と静華はさっそく大介の手伝いに取りかかっていた。ひとまず、ネコの霊に取り憑かれた少女には猫舎を、イヌ科のキツネに取り憑かれた少女には、犬舎のほうを見てもらっている。

(しっかし、なんで二人ともナース服を来ているんだろう?)

手伝いをするだけなら私服にエプロンで充分だろうに、なぜか真由も静華も尻尾を出せるように改造したナース服を着用していた。なんでも、「この格好のほうが働きやすいから」とのことだが、どうも意図がよくわからない。

もっとも、少年も白衣を着ているのだから、人のことは言えないかもしれないが。

「それにしても……」

と、大介はあらためて少女たちに目をやった。

ネコ耳ナースとキツネ耳ナースがかいがいしく働く様子は、以前テレビでやっていたコスプレ喫茶の光景のように見える。こんな格好のナースが出てきたら、ペットを連れてきた人もさぞかしビックリするだろう。その意味でも、休業のままにしておいたのは正解だった気がする。

　おまけに、真由に至ってはナース服を着たとき、妙にはしゃいで「似合うニャ？」などとポーズを取り、少年を少しドキッとさせたりもした。まるで、本当にコスプレを楽しんでいるような節さえある。いや、もしかするとあれは真由ではなく、ミーシャの意識だったのかもしれないが。

とはいえ、ほとんどすべての仕事を一人ですることを考えれば、格好はどうでも人手があるだけでありがたかった。

　そんなことを考えていると、静華が全長五十センチほどの雑種の犬を身体の前に抱えて診察室にやって来た。正確に意思が伝わるおかげか、あるいはイヌ科の動物霊が憑いた少女に安心感を持っているのか、ワン太はいつになくおとなしい。

　この犬は、どうやら前の飼い主に捨てられたらしく、怪我をして病院に担ぎこまれたとき、ボロボロの首輪をしていた。そんな経緯のせいか、ワン太は人間に不信感を持っていて治療のときに暴れることが多々あるのだが、今日は驚くほど静かだ。

「ワン太くん、いったん包帯を取ってお薬を塗りますからね。少しの間、ジッとしていてください」

キツネ耳の少女が語りかけると、犬が「クン、クーン」と小さく鼻を鳴らすように答える。

「静華先輩、今ワン太は『わかった』って言ったの?」

「いいえ。『痛くしないでくれよ』です」

「ほえ〜、そうだったんだ。さすがに、言葉がわかると違うもんだねぇ」

大介は感心しながら、診察台の上にいる犬の頭を撫でた。

「だけど、傷口をちゃんと消毒しないといけないから、ちょっとだけ染みるかもよ。それだけは、我慢してな」

と声をかけ、少年は右前足の包帯を取り、傷口に消毒薬を塗った。

すると、ワン太が「キューン」と情けない声をあげて身じろぎをはじめる。

「ワン太くん、薬が染みて痛いそうです」

すぐに、静華が犬の言葉を代弁した。

「消毒薬だからね。すぐ痛くなくなるから少し我慢してって、言ってあげてよ」

少年が言うと、静華がワン太になにごとかささやくように声をかける。

すると、犬が目を閉じて身じろぎをやめた。

大介は手早く薬を傷に塗って、新しい包帯を巻いた。

「よし、おしまい。じゃあ、あとは真由からご飯をもらって、しっかり食べろよ」

少年のその言葉も、キツネ耳少女がワン太を胸に抱きあげながら伝える。すると、犬のほうがなにやら「ワンワン」と静華に言った。

「ワン太、なんだって?」

「はい。『兄さん、いい腕をしているね。父親みたいな医者になれるかもよ』です」

「医者……獣医ねぇ」

ワン太の言葉が、大介の胸にチクリと突き刺さる。

進路を確定するにはまだ時間があるものの、正直、少年は獣医になる気などなかった。確かに動物は好きで、世話も決して苦痛ではない。だが、これを仕事とすることには躊躇《ちゅうちょ》してしまう。

また、利益度外視でほとんど休みなく働く父の姿を幼い頃から見ていると、こんな仕事を一生つづけられる自信もなかった。

もちろん利益があまりないのは、徹が格安の診療を請け負い、またボランティアでペット以外の動物の治療まで引き受けているせいなので、いくらでも改善の余地はあるだろう。しかし、そのことを差し引いても、動物の命を預かる重荷は背負いたくない、という気持ちが強い。

(だけど、じゃあ俺はいったいなにをしたいんだ?)

今さらながら、そんな思いが心にこみあげてくる。

大介がワン太を抱えた静華が犬舎に入るのを見ていると、入れ替わるようにネコ耳ナースの少女が姿を現わした。

「大介ぇ。ネコしゃんたちの食事、じぇ～んぶ配ったニャ～ン」

「おお、サンキュー。って、真由どうしたんだよ!?」

少年は、幼なじみの異変に気づいて目を丸くした。真由の顔は真っ赤になっていて、足もともおぼつかずにフラついている。まるで、泥酔《でいすい》しているかのようだ。

「あはは～。しょれがぁ、食事を配り終わってから、夜の準備をしよーと思って倉庫に行ったんだニャ～。そーしたら、にゃ～んだかとってもいー匂いがする箱があって、開けてみたらスプレーが入っててぇ……」

最後まで聞くまでもなく、大介はその正体に思い当たった。

「ま、まさかマタタビエキススプレーを噴射したんじゃ……」

ネコ耳少女の様子から推測して、まず間違いない。真由に取り憑《つ》いたミーシャの霊がマタタビエキスに反応して、このような状態になってしまったのだ。

「にゃは～。大介が二人に見えるニャ～。わーい、大介がいっぱぁいだぞぉ」

意味不明なことを言いながら、真由がなおも千鳥足《ちどりあし》で歩いてくる。

「真由、しっかりしろって。ちょっとそこに座れよ」

今にもどこかに頭をぶつけそうな少女の様子に、さすがに心配になって大介は自分

からネコ耳ナースへと近づいた。すると、

「ふみゃあ。大介ぇ！」

と、不意に真由が少年に抱きついてきた。

「ちょっ……お、おい、真由？」

小振りなふくらみが体に押し当てられ、少女の匂いが鼻をくすぐる。

（うわっ、真由のオッパイが当たって……それに、なんだかいい匂いがするぞ）

ここ何年か、彼女がこれほど身体を密着させてきたことはなかった。こうされると、言葉遣いなどはともかく真由が女の子なのだ、ということをあらためて実感する。

「大介、らーいすけぇ。スリスリ……」

こちらの動揺に気づいた様子もなく、ますます酩酊《めいてい》の度合いを深めた真由は、自分の頰を少年の頰にこすりつけてきた。まさに、飼い主に甘えるネコの仕草そのものだ。

しかも、少女の尻尾は垂直に立って、先端がゆるやかにピクピクしている。毛が逆立っていないので、これは愛情や好奇心のサインだ。

突然のことに、大介は硬直したまま身動きできなくなってしまった。もしも、静華がいなくて二人きりだったら、押し倒していたかもしれない。

「はっ。ま、真由！　こら、離れろって！」

年上の少女のことを思いだして我《われ》にかえった少年は、あわてて真由を引き剝がそうとした。

「や～だニャ～。あらしはぁ、らいすけといっしょがいいりゃ～。らいすけは、あらしのころが嫌いにゃ～のりゃ～？」

酩酊《めいてい》状態の少女が、呂律《ろれつ》のまわらない口調で言いながら、逆に思いきり大介に体重を預けながら、なおも頬をこすりつけてくる。

「い、いや、その……嫌いってことは……」

「じゃあ、しゅきにゃのりゃ？　うれひーにゃー」

「な、なに言ってんだよ？　だから、離れろって！　そんなにくっついたら……」

少年の言葉を無視して、真由がさらに全身の体重をかけてきた。どうも、匂いつけをしているつもりらしい。

だが、のしかかられるようなことをされては、大介のほうがたまらない。

ナース服とブラジャー越しに感じられる、小振りなふくらみの感触。そして、以前は感じなかった女性の香り。それらが、少年の心から平常心を奪っていく。

（や、ヤバイよ、これ……いくらミーシャが取り憑《つ》いているからって、真由がこんなに大胆な……だけど、確かにこうして見ると可愛いかも）

大介にとって、真由は家族同然で側にいるのが当たり前の存在だった。なにしろ、母が死んでからは毎日のように家事をしに来てくれるし、病院が忙しいときには動物

Gyu

たちの世話も手伝ってくれる。加えて、「お風呂に入った？」「宿題やった？」だのと、母親のような小言を言ってくるのだ。おかげで、学園の高等部に進学した頃は、もう彼女が異性だという感覚を半ばなくしていた。

だが、クラスメイトの男子たちが、「桜沢って、けっこう可愛いよな」などと噂しているのを聞いているうちに、なんとなく心中が穏やかではなくなってきた。

あまり意識していなかった……いや、意識しないようにしてきたが、こうして間近で見ると、なるほど真由はクラスメイトの女子たちと比較しても、充分に可愛らしい。

もっとも、口を開くといささか粗暴なので、引いてしまう部分もあるのだが。

とはいえ、そんな欠点や、静華に比べて身体の成熟度に劣る面を差し引いても、クラスの男子たちの気持ちもわかる気がする。

などと、半ばパニックを起こしながら考えていたため、大介の注意力は一瞬、完全に途切れていた。そのため、真由の体重を支えきれなくなって、体のバランスが崩れる。

「うわっ、とっ、とっ、とっ……」

声をあげながら後退しつつ、大介はどうにかバランスを保とうとした。だが、そのまま背中を壁に思いきり打ちつけてしまう。

少年に抱きついていた真由も、弾みで額《ひたい》を壁にぶつけて「ふみゃんっ！」と情けない声をあげて力を緩めた。

「イテテ……真由、大丈夫か？」

と声をかけると、ネコ耳少女が額を押さえながら目を開けた。

「う～。顔を思いきりぶつけちゃったぞ。もう、なにがどうなって……」

真由の言葉が、そこでふと途切れる。

「ん？　どうした？」

少女の顔を見た大介は、彼女の目が大きく見開かれていることに気づいた。その表情からは、マタタビに酩酊《めいてい》していた様子はうかがえない。おそらく、壁に顔をぶつけたショックで、正気に戻ったのだろう。

「な……な……な……」

丸くなっていた真由の目が、見るみる逆三角形に吊りあがっていく。そして、いったん白面になった顔色が、今度は怒りの赤に染まった。

「大介ぇぇぇぇぇぇ!!　あんた、あたしになにしてんのよぉぉぉぉぉぉぉ!?」

幼なじみの少女が、一キロ四方に響き渡りそうな怒鳴り声をあげ、バッと飛び退く。

「ちょ、ちょっと待て。真由、なにも覚えて……」

なんとか事情を説明しようとしたが、すでに彼女の耳には大介の声など届いていないようだ。

「問答無用ぉぉぉぉぉぉぉ！　くぉの、エッチィィィィィィィッ!!」

叫び声とともに、真由の渾身《こんしん》の右ストレートが少年の顔面にクリーンヒットした。

4 ラブハプニング

「だから、ゴメンって謝ってるでしょ。いつまでも根に持ってるなんて、男らしくないぞ」

食卓についた真由が、バツが悪そうにしながらも、そう言って頬をふくらませる。

「うるせー。人の言うことも聞かないで、いきなりぶん殴ってくるヤツに言われたくねーよ」

と、大介はそっぽを向いたまま切りかえす。

少年を思いきり殴ってから、真由は、ようやく自分の記憶が曖昧《あいまい》だったことを思いだした。それから大介が懸命に事情を説明して誤解は解けたものの、殴られたダメージが消えるわけではない。

相手が男なら、こちらも一発殴っておあいこにしてもいいだろう。だが、いくら男勝りでも真由は女の子なので、ここは大介としても泣き寝入りするしかない。とはいえ、理不尽に殴られた憤《いきどお》りが簡単に消えるはずもなかった。

「えっとぉ……だ、だけど、マタタビに酔うなんて、取り憑《つ》いた動物の影響が人間にもけっこう出るんですねぇ？」

真由の隣に座っている静華が、かすかに頬を引きつらせながら口を開いた。どうやら、大介と真由の間に漂う険悪な雰囲気を少しでも和《なご》ませようとしているらしい。

「そ、そうなのよ。ホントに、ビックリしちゃうよね？」

年上の少女の意図を察したのか、真由が飛びつくように応じる。

「しかも、あたし猫舌になっちゃったんだぞ。おかげで、熱々の料理を食べられないのが悔しくて」

と言葉をつづけて、ネコ耳少女が唇を尖《とが》らせた。

なるほど、真由はシチューやグラタンといったものが大好物だ。猫舌になってそれらを熱いまま堪能《たんのう》できなくなったのは、やや痛手らしい。

そうして、ようやく雰囲気が和んできたところで、昼食となった。

朝から仕事をしていたのに、あんな騒動などがあってバタバタしていたら、いつの間にか昼である。まして、今は二人に仕事を教えながらなので、一人でやっているときより時間がかかるくらいだ。しかし、何日かすれば一気に楽になるだろう。

昼食が終わると、今度は動物たちを順番に洗う、トリミングの作業に取りかかることになっていた。

万が一にも、院内で皮膚の病気などが発生し、伝染でもしたら大変なことになる。そのため、こまめにシャワーをして犬やネコたちの清潔さを保ってやらなくてはならない。これも、立派な仕事だ。

「じゃあ、まずは犬たちから洗ってやろうか」

今、病院にはワン太以外にも、三匹の犬がいる。彼らを洗うだけでも、結構な手間と時間がかかる。

「あの……わたしに、洗わせてもらえませんか?」

少年が犬舎に向かおうとすると、静華がおずおずと申しでてきた。

「静華先輩、平気なの?」

「自信はありませんけど……前から、トリミングには興味があったので」

そう言った少女の瞳は、好奇心で輝いている。

「わかったよ。じゃあ、俺が教えるから、やってみようか?」

と、大介は肩をすくめて答えた。

(ちょっと難しいんだけど、静華さんは犬たちと話ができるんだから大丈夫だろう)

そんな判断もあったし、しばらく病院を手伝うなら早いうちにいろいろな仕事を経験しておいたほうがいいはずだ。

「じゃあ、あたしはネコちゃんたちを運動部屋に連れていくわね。少し運動させてあげないと」

そう言って、真由が猫舎に向かう。

運動部屋は廊下の突き当たりにあり、二階のリビングルームよりも広い。そこはハムスターやウサギなど、外に逃げたら厄介な小動物の運動はもちろん、犬や猫のリハビリ、冬季の遊び場としても使われる部屋である。犬や猫が運動不足にならないよう、室内には階段をはじめさまざまな道具が置いてあり、遊ばせておけば洗浄室が空くまでのいい時間つぶしになるだろう。

トリミングの仕方を簡単に教えると、静華がポメラニアンを抱きかかえて洗浄室へと向かった。

心配なので、一応は大介もついていく。

「フーバーくん、温かいシャワーをかけましょうねぇ」

少女が優しく語りかけながら犬を浴槽におろす。言葉がわかる安心感からか、フーバーもおとなしくしている。

それからシャワーでお湯をかけ、シャンプーをするという手順で、犬は気持ちよくなる……はずだった。

ところが、静華がシャワーをかけた瞬間、ポメラニアンが「キャインッ！」と甲高《かんだか》い声をあげて、もがくように暴れはじめた。

「きゃあっ！　ご、ごめんなさい！　水を出しちゃいましたぁ！」

パニックを起こした少女が、アタフタしながら悲鳴をあげる。どうやら、シャワーの操作を間違えて、お湯ではなく水をかけてしまったらしい。お湯と思っていたのに冷水を浴びせられたら、犬でなくても驚くだろう。

フーバーが思いきり体を振り、あたりに水滴を飛び散らせる。犬に雫《しずく》をかけられて、静華が「きゃっ」と声をあげ、反射的に手で顔を覆う。だが、その手には水が出たままのシャワーヘッドが握られていた。

「きゃあああああっ！　冷たいっ！」

少女は、自分の身体にシャワーをかけてしまい、悲鳴をあげてその場に座りこむ。なにしろ冬の水なので、じかに浴びたら冷たくて当然だ。

「静華先輩、なにやってんだよ」

大介は急いで近づくと、シャワーのコックをひねって水をとめた。

「あ、ありがとうございます〜。うっかり、ウチのシャワーと同じ感覚でやっちゃいましたぁ」

と言いながら静華が顔を振り、身体を震わせて犬のように水を振り払おうとする。

（静華先輩って、意外とドジなのかも）

大介は日頃の言動などから、一歳年上の上級生がけっこうソツなくなんでもこなすタイプだと思っていた。しかし、これは想像もしていなかった一面である。

「うう～。服に水が染みこんで、気持ち悪いコン」

キツネの意識が前に出てきたのか、静華の口調が少し変わる。

「先ぱ……」

あらためて声をかけようとした大介は、思わず言葉を失った。

キツネ耳少女の身体には、濡れたナース服がピッタリと張りつき、ふくよかなふくらみの形がはっきりと浮きでていた。しかも、ペタン座りをしていることも相まって、なんとも言えない色気がかもしだされている。

「……あ、えっと……お、俺がフーバーを拭いてやるから、静華先輩は上で早く着替えてきなよ。そのままじゃ、風邪《かぜ》ひいちゃうからさ」

大介はあわてて視線をそらし、ポメラニアンにタオルをかけて水滴を拭きはじめた。

「ゴメンな、フーバー。すぐ、ちゃんとお湯でシャンプーしてやるから、ちょっと待ってろよ」

と犬に声をかけながら、自分の動揺もどうにか静める。

だが、少年がフーバーを拭き終えても、静華がその場を去った気配はない。

「静華先輩、だから早くしないと……って!?」

再び上級生のほうを見た大介は、絶句して凍りついた。

なんと静華は、立ち去るどころかナース服の前をはだけ、淡いブルーのレースのブラジャーに包まれたバストをあらわにしていたのである。

「し、静華先輩?」

「もう、こんなの着てられないコン。ここで脱いでいくコン」

と、一歳年上の少女は恥ずかしがる様子もなくナース服を脱ごうとする。どうやらキツネの霊は、びしょ濡れで身体にまとわりつく衣服が、よほど我慢できないらしい。

「だーっ! ちょっと待ったぁ! こんなところで脱いだらダメだって! 脱ぐなら、自分の部屋に戻ってからにしてよ」

「やだコン。気持ち悪いし、冷たくて寒いコン」

そう言いながら、静華はとうとうナース服を完全にはだけてしまった。

水に濡れた長い髪に白い肌、ふくよかなバストと細くくびれたウエスト、そしてブラジャーとお揃いのデザインのパンティーに包まれた豊満なヒップ。それらが、なんとも言えない艶やかさをかもしだしている。

「う~、ブルブル。大介さん、寒いから温めてほしいコ~ン」

少年が呆然として見とれていると、身体を震わせた少女がナース服を羽織ったまま飛びついてきた。

「うわっ。ちょ、ちょっと、静華先輩?」

突然の行動に、少年はその場に押し倒されてしまう。

さらに、静華は身体をピッタリと押しつけてきた。

「くう～ん。大介さん、やっぱりあったかいコ～ン。スリスリ……」

と、少女が身体をこすりつけてくる。

（うおおお！　お、オッパイが……真由より大きくて、柔らかいぞ）

ブラジャーに包まれたふくらみの感触を胸に感じて、少年はついつい抵抗を忘れてしまった。

先ほど、マタタビエキススプレーに酔った真由にも密着されたが、やはり静華のほうがバストのボリュームがある。そのため、ブラジャー越しとはいえ胸に当たる双丘から、より弾力と柔らかさが伝わってくる。

「ん～。なんか、これも邪魔だコン。はずしちゃったほうがいいかなぁ？」

と言って、静華がいったん身体を起こし、自分の背中に手をまわした。

（ま、まさか、生オッパイを……）

と思っているうちに、静華がブラジャーをはずしてふくよかなバストをあらわにした。大介はというと、もう頭が真っ白になって、目を皿のようにしながら魅惑的な二つのふくらみを網膜に焼きつけるように見つめるしかない。

「きゅう～ん。大介さん、寒いコ～ン」

と、再び静華がまたがるような格好で少年に抱きついてきた。今度は、胸板にふくらみがじかに当たり、その柔らかさや弾力が衣服越しながらも生々しく感じられる。

さらに、キツネ耳少女の匂いも漂ってきて、大介の理性を麻痺《まひ》させていく。

少年の股間のモノは、初めての感触に興奮し、すでにパンツの奥で最大級に勃起していた。

「キュウ〜ン。大介さん、あったか〜い。もっと、わたしをあったためてほしいコン」

大介の昂《たかぶ》りを知ってか知らずか、少女が身体をこすりつけはじめる。

すると、静華の腰がちょうどズボンの奥の肉棒に当たり、背筋に自慰のときに感じるゾクゾクするような感覚がもたらされる。

(うわっ。静華さんの股間が、俺のチ×ポにこすれて……)

果たして、彼女にその意図があるのかどうかはわからない。だが、スリスリと身体をこすりつける少女の動きが、ちょうどズボンの上からペニスを刺激する形になっていた。

「あっ。し、静華さん、ダメだよ。そんなにされたら……」

射精感がこみあげてきて、少年は思わず情けない声をあげた。

ズボンとパンツ越しとはいえ、初めて他人に一物を刺激されているせいか、自分でも信じられないくらいあっさりと、昂りが頂点に向かいつつある。まして、憧れの上級生の柔らかさや匂いを感じているのだから、どうにも興奮を抑えることができない。

「んん～。大介さん、大介さ～ん」

少年の変化に気づいた様子もなく、静華はなおも全身をスリスリと動かしつづける。

「うあっ。だ、ダメ……もう、出ちゃう……くうっ」

たちまち我慢の限界を超えて、大介はズボンのなかで精を放っていた。パンツの奥にネットリしたものがひろがり、栗の花のような匂いもそこかしこに振りまかれている気がする。

「ん～、なんだコン？　なんだか、変な匂いがするコン」

さすがに静華も気づいたらしく、身体の動きをとめて顔をあげる。

「クンクン……この匂い、どこから？　それに臭いけど、なんとなく身体の奥が熱くなってくる気がするコン」

と言いながら、少女が鼻を鳴らすように匂いを嗅いで、大介の股間を見つめた。すでに、ズボンにもシミがひろがっているはずだが、幸いと言うべきか白衣のおかげでそれは見えない。

「匂いは、ここからするコン。いったい、なんだコン？」

興味津々といった感じで、静華が少年の股間に手を伸ばす。

（うわあ。パンツのなかで射精したところなんて、見られたら恥ずかしすぎるよ。けど今の静華さんなら、もしかしてもっとすごいことをしてくれたりして……）

気恥ずかしさと期待感から、大介は息を呑んで少女の次の動作を見守った。

静華が大介の白衣をまくりあげて、股間部分にシミのできたズボンを眺める。

「キュ～ン。大介さん、どうしたコン？　オシッコしちゃったコン？」

と聞かれても、さすがに恥ずかしくて答えようがない。

「ん～。大介さんもズボン脱いじゃうコン。風邪《かぜ》ひいちゃうコ～ン」

そう言いながら、少女が大介のズボンに手をかけようとする。

もはやとめようという気も湧かず、少年は生唾を呑みこみながら静華の行動を待つ。

そのとき、不意に少女が「クシュンッ」と可愛らしいクシャミをして手をとめた。

「あら？　えっと……わたし、いったいなにを……」

静華が首をかしげながら、目をパチクリさせる。どうやら、クシャミをした拍子に本来の彼女の人格が戻ったらしい。

（ちぇっ、惜しい。いや、助かったのかな？）

という複雑な思いを抱きながら、大介は大きくため息をついて口を開いた。

「静華先輩、もとに戻ったんなら、どいてくれると嬉しいんだけど」

「えっ？　大介さん？　あっ……わたし、どうして……」

混乱した面持ちで首をかしげた静華は、下にいる少年を見つめた。それから、自分の身体に目をやる。

「………き……きゃあああああああああぁぁぁぁぁぁ!!」

やや間をおいてから、少女がすさまじい悲鳴をあげ、ふくらみを隠して大介から飛び退いた。

「あああああの、わたしいったい……なんでこんな……あの、その……」

よほど頭が混乱しているのだろう、彼女の言葉には脈絡もなにもない。

「え～っと……なんと言えばいいのか……その、ようするにコンの意識が表に出てきて……ですねぇ」

大介も、自分のあまりに情けないところを見られた羞恥心と、少女のあわてっぷりに戸惑い、どう説明していいかわからなくなってしまった。それに、一刻も早く部屋に戻ってズボンとパンツを穿き替えなくては、気持ち悪くて仕方がない。

ところが……。

「だ～い～す～け～。どーゆーことか、じ～～～っくり聞かせてもらうぞ～」

不意に、背後からドスの利《き》いた声が聞こえてきた。

恐るおそる振り向くと、そこには尻尾のみならず耳の毛まで逆立て、殺気に満ちたオーラを全身から漂わせたネコ耳少女が立っていた。

Ⅱ 発情3Pでいきなり初体験!?

1 疼く情欲

桜沢真由が、茂野動物病院で居候《いそうろう》をはじめて、早くも一週間が過ぎていた。

最初こそいくつかの騒動はあったものの、ここ何日かは平穏無事に過ごせている。

また、ネコ耳になってやむなく、というのはいささか不本意な形だったものの、通い妻状態から大介と一つ屋根の下での生活になったのは進展と言える気がしていた。

とはいえ、キツネ耳少女になった宮ノ森静華も一緒なので、二人きりの甘い生活は夢のまた夢という感じだが。

それに、休業中とはいえ病院での雑務は意外に多く、家事も含めると朝から晩までほぼ働きずくめである。なにしろ、クリスマスすら動物たちの世話に追われ、夕食後に三人でショートケーキを食べた以外、なんのイベントも用意できなかったほどだ。

とにかく、動物にはクリスマスもなにも関係ないので、人間の都合で手を抜くことは許されない。

それでも、ここ二、三日はようやく少し余裕が出てきた気がする。真由は、前から少しは仕事を手伝っていたので、さすがに一週間も経つとやるべきことをある程度は自分で判断できるようになる。また、静華もだいたいの仕事を覚えて大介にいちいち確認しなくなったため、そのぶん作業効率があがっていた。

幼なじみの少年は、もうすぐ正月ということもあって、今は父親の見舞いがてら買い物に出かけている。

「大介と一緒に買い物に行きたかったけど、この耳と尻尾があったらねぇ」

猫舎のネコたちの昼食を片づけながら、ナース服姿の真由は思わず深々とため息をついた。

もちろん、帽子を深くかぶってロングコートを着れば、耳と尻尾を隠すことはできる。だが、ネコの本能なのか、そういう格好をしているとどうにも落ち着かず、思いきり耳と尻尾を動かしたい衝動に駆られてしまう。

万が一にも、誰かにこの姿を見られてしまったら、どんな騒ぎになるのか考えるのも恐ろしい。

少女はあらためて、「はぁ～」と大きなため息をついた。

そのとき診察室のほうから、なにかをひっくりかえしたような派手な音と、「キャンッ」という静華の声が聞こえてきた。

「もう……また静華さんがやったの？　もっと、なんでもできる人だと思っていたんだけどなぁ」

一歳年上の上級生は、見た目も性格も真由とは正反対で、普段は非常におしとやかである。それだけに、落ち着いて物事をこなし、失敗などほとんどしないかと思っていたのだが、意外と抜けたところがあった。

（大介、静華さんのことをどう思ってるんだろう？）

本人には決して聞けない疑問が、あらためて真由の脳裏をよぎった。

完璧そうに見えて実はドジっ娘というのは、男の子から見て守ってあげたくなる存在な気がする。

それに大介は、高等部に入学して静華と知り合ってから、よく彼女のことを話題に出している。真由は、表面的には平静を装って聞いていたものの、彼が他の女の子の話をすることに、心中は決して穏やかではなかった。

一方の自分はというと、男勝りの性格で、幼なじみの少年といつもケンカばかりしている。

もちろん、茂野家の家事全般を引き受けたりして、ポイントを稼いでいる自覚は充分にあった。しかし、本当はもっと仲よくしたい、自分の正直な気持ちを伝えたいと思いながらも、負けん気の強さが邪魔をしてどうしても素直になれない。

また、大介にとって自分が身近になりすぎて、すでに異性として意識されていないのではないか、と不安になることもあった。

（静華さんは宮ノ森神社の巫女さんで、あたしとは家柄も上品さも違うし……）

もちろん、静華のほうが後輩の少年のことを本心でどう思っているかは、よくわからない。だが、少なくとも悪い感情を持っていないのは確実だ。

おしとやかな巫女でありながらドジっ娘、というキツネ耳少女は、恋のライバルとしてはかなりの強敵に思える。

すると、ケージのなかのネコたちが「ミャー、ミャー」と鳴いた。ネコ属のよしみか、彼らはネコ耳少女のことを「まぁ、がんばれや」と励ましてくれたのである。

「……みんな、ありがとう。それに、今はミーシャも一緒にいてくれるんだし。あたし、がんばるぞ」

と、真由は自分自身に気合いを入れ直す。

「それじゃあ、またあとでね。あたし、静華さんを手伝ってくるから」

少女は、ネコたちに声をかけて猫舎を出ると、診察室に入った。

「静華さん、今日はなにをしたの？」

だが、平静を装って声をかけたものの、診察室にはキツネ耳少女の姿が見えず、

「はぁ、はぁ……」と苦しそうな息づかいだけが聞こえてくる。

怪訝《けげん》に思いながら診察台の裏にまわった真由は、その場で立ちつくしてしまった。

そこには、静華がグッタリした様子でへたりこんでいた。彼女の頬は紅潮し、呼吸も何百メートルも全力疾走をしてきた直後のように荒くなっている。

「ど、どうしたの、静華さん？　体調でも悪くなったの？」

近づくこともできず、真由はオロオロしながらキツネ耳少女に声をかけた。

しかし、ついさっきまで彼女に変わった様子は見られなかった。それが、突然どうしたというのだろうか？

少女の声に気づいたらしく、静華が顔をあげた。しかし、その目は今にも泣きだしそうなくらいに潤んで、顔色や表情も相まって真由でもドキッとするような妖艶さを漂わせている。

「ま、真由さん……わたし、おかしいんですぅ。なんだか、急に身体が熱くなってぇ……すごくうずいて……ほ、欲しいコン……いやぁ。違います、わたし、そんな……ああ、オチン×ンがぁ……キュゥ〜ン」

「し、静華さん？　なに言ってるの？」

おしとやかなキツネ耳少女の口から「オチン×ン」という単語が出てきて、真由は

驚きを隠せなかった。

だが、静華はそんなことを気にしている様子もなく、さらに荒い息を吐く。

「ああ～……身体がムズムズしてぇ……もう、我慢できないコォォォン！」

と叫ぶように言うなり、キツネ耳の少女がナース服の上から自分の胸をわしづかみにした。

「んっ……ああ……オッパイが気持ちいい……ふうぅぅん……あうぅ……」

手を動かすなり、静華の表情がたちまちとろけて、口から熱い喘ぎ声がこぼれでる。

さらに、少女は片手を股間に伸ばし、ナース服のスカートをたくしあげた。そして、クリーム色の下着の上から秘裂をこすりはじめる。

「ああんっ。ここ、感じますぅ！　んんっ、すごい……あんっ、しびれるコン……はうぅん……」

「ちょ……い、いきなりなにやってんのよ!?　どうしちゃったの、静華さん？」

だが、一歳年上のキツネ耳少女は、真由の声などまったく意に介する様子もなく、もどかしげに前をはだけ、クリーム色のブラジャーに包まれたバストをあらわにした。

そうしてブラジャーをたくしあげると、綺麗なお椀型の胸を力いっぱい揉みしだきだす。

指がふくよかなふくらみに沈みこみ、形の整ったバストがいびつに変形する。

「ふあああっ、いいコォォォン！　だめ、こんな……はぁぁん、オッパイぃ、すごく気持ちいいコン！　キャイィン、は、恥ずかしいのに……くぅぅん、手がとまりませぇん！」

支離滅裂《しりめつれつ》な言葉を発し、キツネ耳少女が普段からは想像もできないうっとりした表情を見せながら、次第に快感へと溺れていく。

（な、なんなの？　いったい、どうなってるのよ？）

診察室で自慰に耽《ふけ》る静華の様子は、どう考えても異常だった。まるで、避妊していないネコに盛りがついたような……。

そこで、真由は思い当たる節があってポンと手を叩いた。

「……ひょっとして、キツネの発情期？」

静華と真由のなかには、動物霊が入っている。そのため、動物の本能や習性が人体にも少なからず影響を与えていた。もしも、キツネの発情期がはじまったのだとすれば、彼女の異常な行動にも納得がいく。

（だけど、それじゃあどうしたら……）

救急車を呼ぶわけにもいかないし、大介もこの場にいない。いや、たとえ彼がいたとしても、これはどうにもならないだろう。

なす術《すべ》もなく呆然とキツネ耳少女の行為を見守っていると、不意に真由の身体の奥にポッと熱いものがともった。

（えっ？　なに、これ？）

「キュイィインッ、指がいいっ！　でも、ああんっ、やっぱり……きゃふうんっ、あそこが、くううっ、しびれるコォォォン！」

少女が戸惑いを感じている間にも、静華はショーツの奥に手を突っこんで、じかに秘部をまさぐっていた。その指が激しく動いているのが、下着越しにもはっきりわかる。

（すごい……静華さん、あんなに指を……）

自慰に耽る一歳年上の少女の姿から、真由はいつしか目が離せなくなっていた。

少女も自分を慰めた経験はあるが、もちろん他人のオナニーを見るのは初めてのことである。静華の生々しい指使いや妖艶な表情や吐息《といき》はあまりに淫靡《いんび》で、しかしとても大人びたものに思えてならなかった。

室内に、淫らな匂いが漂っている気もしたが、それがなんともかぐわしいものに感じられる。

狼狽《ろうばい》しているうちに、真由の腹のあたりに発生したロウソクの炎にも似た小さな熱の塊《かたまり》が、次第に全身に染み渡るようにひろがっていった。同時に、胸と股間がどうしようもなくうずきはじめる。

（ああ……大介のオチ×ポが欲しいニャ……はっ、あたし、なにを考えてるの？　まさか、あたし……ミーシャまで発情しちゃった？）

どうやら、真由のなかにいる飼いネコの霊まで、キツネ耳少女の発する性フェロモンに感化されてしまったらしい。ただし、ミーシャは生前、早い段階で避妊手術をしていたため、発情期とはずっと無縁だった。おそらく霊になって、本能を取り戻したのだろう。

「じょ、冗談……ああん、ちょっと我慢して……こんな、ふ、ふみゅう、恥ずかしいぞぉ……ダメッ、身体が熱いニャア……ふにゃあああんっ！」

不意に胸から心地よさが訪れ、少女は甘い声を出してしまった。視線をおろすと、無意識のうちに手がバストに触れている。

指に勝手に力が入ると、なんとも言えない快感が全身を駆けめぐった。

「ダメ……こんにゃあ……ああ、ホントに手がとまらにゃ……ふみゃっ、気持ちいいニャァァン！」

真由は思わず悦びの声をあげて、その場にへたりこんだ。

できれば、自室に戻ってから昂《たかぶ》りに思いきり流されたかったが、派手に燃えあがった性欲はそれすら許してくれない。

（欲しい。チン×ン……大介のオチ×ポがいい！　今すぐにオチ×ポ入れて、思いきり突いてほしいのぉ！）

そんな思いに支配されると、四つん這いになった自分が大好きな少年に貫かれる様子が脳裏に浮かんだ。

自慰をするときにしばしば妄想していた光景が、今はいちだんと鮮明なものとしてイメージできる。しかも、その姿を想像するだけで、さらに気持ちが昂ってきてバストからの快感も増す。

「はにゃあああん……大介ぇ……好き……ああ、オッパイ揉んで……いいニャア……もっと、もっとぉ！」

いつしか真由も快感に支配され、手の動きをとめようという気持ちをなくしていた。今、胸を揉んでいるのが、まるで思いを寄せる少年の手のような気すらしてくる。

「ふああっ！　ま、真由さんも、ああんっ、我慢できなく……きゅうぅん、わたし、おかしくなっちゃうコォォン！」

ネコ耳少女のオナニーを見て、静華のほうもさらに昂ってきたのか、指の動きを激しくする。

それを見て、真由は己《おのれ》のなかに湧きあがる性本能の訴えに逆らえなくなった。いや、これはミーシャの本能なのだろうか？

「ふみゃあっ！　もう、あたし我慢できにゃない！　静華しゃぁぁあん！」

と叫ぶなり、ネコ耳少女は静華に飛びかかっていた。

「えっ？　ま、真由さん？」

キツネ耳ナースの少女が、驚いて目を丸くする。だが、特に抵抗はしない。

「静華しゃん、あたしもエッチしたくて仕方にゃいの。だから、今は一緒にしようニャン」

真由は本能の赴くままにそう言うと、組み敷いた少女に唇を重ねていた。

（ああっ！　あ、あたし、なにやってんのよ？　ファーストキスは大介としようって思っていたのににぃ！……で、でも気持ちいいぃぃ）

己《おのれ》の行動に戸惑いながらも、ネコ耳少女は唇からもたらされる感触の心地よさに酔いしれる。

（ふみゅう。そうよ。女の子同士のキスなら、カウントに入れることないもん）

などと勝手なことを考えると、もっと大胆なことをしたくなってくる。

真由は欲望に流されて、まったく抵抗の素振りを見せないキツネ耳少女の口のなかに、舌を滑りこませた。

「んむっ？　んっ、んっ、んむぅぅぅっ！」

さすがに、静華が驚いたような表情を見せて、くぐもった声をあげる。

それにかまわず、年上の少女の舌を絡め取る。

「んん～。んむ、んむ、んむ……んちゅ、んちゅ、んろろ～……」

舌を動かすと、接点からなんとも言えない甘い快感がもたらされた。

「むむむ！　んんん……んっ、んっ、んんん……んむ、んむ……」

ネコ耳少女の舌の動きに抗《あらが》っていた静華も、やはり心地よさを感じているらしく、たちまちとろけて抵抗をやめ、自らも舌を動かしはじめた。

（ああん。女の子同士のキスが、こんなに気持ちいいなんて……大介とキスしたら、もっと気持ちいいのかな？）

そんなことを考えると、ナース服がジットリ湿るくらい、全身が熱くなって汗ばんでくる。

真由は、静華とタイミングを合わせて舌を絡ませ、お互いの口内を貪《むさぼ》り合った。

「んっ、んっ……んむ、んむ……ぷはぁぁ……真由さぁん」

やがて、少し苦しくなって唇を離すと、キツネ耳少女がとろけた瞳で真由を見つめてきた。

「ふはああ……静華しゃん、もっとしようニャ。あたしも、いっぱい気持ちよくにゃりたいニャア」

欲望に逆らえず、少女は思わずそう訴えていた。

「じゃあ……ナース服を脱がしちゃうコン」

と言って、すでに前をはだけていた静華が、下からネコ耳少女のナース服に手をかける。そうして、スルスルと前を開けてしまった。

淡いブルーに白い模様の入った下着が露出したが、あまり恥ずかしく感じないのは、発情しているせいなのか、あるいは女同士という安心感からだろうか？

キツネ耳少女が、真由のブラジャーをたくしあげて小振りな胸をあらわにした。

「真由さんのオッパイ、すごく可愛いコン」

「ふみゃあん。そんにゃこと言ったらイヤ……はにゃあああん！」

いきなり両手でバストを揉まれて、真由はしびれるような快感におとがいを反らし、悲鳴のような声をあげていた。

さらに静華が、二つのなだらかな乳房を撫でまわすように愛撫してくる。そのたびに、真由の頭のなかは真っ白になって、わずかに残っていた理性が次々に砕け散っていく。

「今度は、真由さんが……わたしも、もうおかしくなりそうだコン」

求められるままに、真由はキツネ耳少女のふくよかなふくらみに両手を這わせた。手のひらに、柔らかくもしっかりした弾力のある感触がひろがる。

途端に、静華が「キャイイン！」と心地よさそうな声をもらす。

「ふみゃあ。静華しゃんのオッパイ、おっきくて触り心地がよくて羨ましいニャア」

真由は、ついそう口走っていた。

なにしろ、少女の胸は無理に寄せてもかろうじて谷間ができる程度しかふくらんでいない。自分で触っていても、もう少し揉み応えがあればと思うこともある。そのため、しっかりふくらんでいる静華のバストを弄《いじ》っていると、嫉妬と羨望が入り交じった感情を抱いてしまう。

「きゅいぃぃん、そんなに……きゃうぅぅん、か、感じちゃうぅぅ！」

甘い声をもらし、静華がなんとも艶やかな表情を見せる。

（ふみゅう、あたしももっと気持ちよくなりたい。ああん、オマ×コがうずいてきちゃうよぉ）

股間に妙なムズムズ感が湧きあがってきて、触りたい衝動に駆られる。しかし、両手はキツネ耳少女のふくよかなバストをつかんでいて、離すのももったいない。

もどかしくなって腰をつい動かすと、偶然にも静華の太腿に股間が当たった。

「あっ、ふみゃあん！」

いきなり秘部から甘い刺激がもたらされて、真由は思わず甘い声をあげていた。太腿で秘部がこすれて、快感が発生したのである。

「はにゃああん。今の、にゃんだかよかったよぉ」

指でなくとも快感を得られることがわかり、ネコ耳少女は静華の片方の太腿にまたがると、その付け根に自分の股間を本格的にこすりつけてみた。

「あっ、ああっ、ふみゃああ！　いいニャア」

真由が喘ぐのと同時に、キツネ耳少女も「はううぅん」と甘い声をもらす。

なるほど、この体勢になると静華の秘部にもネコ耳少女の太腿の付け根が当たり、刺激を受けるらしい。

「静華しゃんも、気持ちよかったニャ？」

「は、はい。太腿があそこにこすれて、ビリビリってきたコン」

と言いながら、下にいる少女が真由の花園をこするように足を動かしはじめる。

「あっ、ふにゃあああっ！　い、いいっ！　もっと、もっとよくにゃりたい！」

ネコ耳少女は、さらなる快感を求めて、自分と静華の股間をこするように腰を動かした。

「あああんっ！　キャヒィイン！　それ、いいコォォン！」

静華が、なんとも甘い喘ぎ声をもらす。

「ひゃあんっ、あたしもぉ！　あんっ、あんっ、これぇ、にゃんかいいぃぃ！」

真由は、さらなる快楽を求めてキツネ耳少女に身体を密着させた。そうして身体を揺すると、股間だけでなく尖《とが》った乳首もこすれて、新たな快感が発生する。

「ふみゅううん！　いいニャ！　これ、すごくいいニャァア！」

「くぅぅんっ！　あっ、あっ、わたしも、キュウゥゥン！　感じるぅぅぅ！」

互いに甘い声をあげているうちに、いつしか真由は一歳年上の少女との行為に没頭していた。

視線が絡み合うと、どちらからともなく唇を近づけ、再び情熱的なキスを交わす。もう、ファーストキスがどうこうなどと考える気もない。今はただ、よりいっそう気持ちよくなりたい、という本能だけがネコ耳少女の心を支配している。

「んっ、んっ……くちゅ、くちゅ……」

静華も同じなのだろう、今度は彼女のほうも最初から積極的に舌を動かしてきた。おかげで、口内から先ほど以上の快感がもたらされる。

真由は夢中になって、キツネ耳少女と舌を貪《むさぼ》り合っていた。

(気持ちいい！　ああんっ、すごく感じて……あたし、変になっちゃう！　いいの、変になりたい！　思いきりイキたいよぉ！)

口と胸と股間からの快感が合わさって気分が高まり、エクスタシーへの欲求がこみあげてくる。

「静華しゃん！　あたし、もうイキそうにゃあ！」

唇を離して訴えると、キツネ耳少女のほうも、すっかり上気した表情で真由を見つめた。

「わたしも……くぅぅんっ、もう限界コォォン！」

すでに、互いの太腿には愛液がベットリとこびりつき、股間を動かすたびにヌチュヌチュといやらしい音をたてている。

その音を意識した瞬間、真由のなかに発生していた熱い塊《かたまり》が一気に弾けた。

「あっ、あっ、あああぁっ、ふみゃあああぁぁぁぁん!!」

頭のなかがハレーションを起こして真っ白になり、心地よさのなかで一瞬、思考が停止する。

「ふああっ、もう、もう……きゃいいいぃぃぃぃぃぃぃぃん!!」

真由が絶頂を迎えるのと同時に、キツネ耳少女もおとがいを反らして甲高《かんだか》い声をあげた。どうやら、彼女もエクスタシーに達したらしい。

（す、すごいぃぃ！　まるで空を飛んでいるみたい……今まで、こんなに感じたことないよぉ！）

今まで真由が自慰で味わった絶頂は、もっと小さな爆発のようなものだった。身体が宙に浮くような感覚は、まったく初めての経験である。

しかし、その幸せな浮遊感は長くはつづかず、間もなく虚脱感が押し寄せてきて、少女の全身を包みこんだ。

「ふにゃああ……はぁ、はぁ、はぁ……」

静華の上に倒れこんだ少女は、荒い息をついてグッタリした。

「ああん、イッちゃえば収まると思ったのに……まだ、あそこがうずくニャア」

真由の身体のうずきは、これまでにない絶頂を味わっても、収まるどころかますます激しくなっていた。すでに、男性器への欲求は強迫観念にも近いものになり、たとえオナニーに耽《ふけ》っても、もはや満足できそうにない。もちろん、このままレズ行為をつづけても同様だ。

「ふああ……わたしも、ちっとも収まらなくて……ああ、欲しいコン。オチン×ンが欲しくて、もうおかしくなっちゃいそうですぅ！」

静華も、熱い吐息《といき》をもらしながら訴える。キツネ耳少女も、真由と同じような状態らしい。どうやら、発情期という種族維持のための本能による欲求は、オナニーやレズ行為では収まらないようだ。

(どうしたら……もう、なんでもいい。ただの棒でも、シマタロウたちのオチ×ポでもいいから、なにかをオマ×コに挿《い》れたいよぉ。でないと、あたしおかしくなっちゃう！)

まともな思考力をなくし、情欲の赴くまま真由が身体を起こした、まさにそのとき。

「な……なにやってんだよ、二人とも？」

と、大介の声が聞こえてきた。

見ると、診察室の出入り口のところで、セーターにジーンズ姿の少年が呆然とした様子で突っ立っている。

「ふみゃあ……ああっ、大介だぁ！」

大介の姿を見た瞬間、真由のなかで渦巻いていたものがたちまち弾けた。

自分たちが、どんな格好をしているのか、どんな場面を目撃されたのかもまったく気にならない。今、目に入っているのは少年の姿、そして彼の下半身とズボンに隠された股間のモノだけだ。

「くうぅん……大介さん、やっと帰ってきて嬉しいコン！」

静華も同じ気分なのだろう、飼い主の帰りを待ちわびていた子犬のように嬉しそうな声をあげ、大介のことを発情しきった目で見つめていた。

2 ロストバージン〜真由

正月用の買い物を一通り終えて帰宅した大介は、荷物を置くと動物の世話をしている少女たちを手伝おうと、一階に通じる階段を降りていった。

だが、ちょうど病院の廊下に出たとき、二人の少女のなんとも妖艶な絶叫が聞こえてきた。

「なんだぁ？　二人で、なにやってんだよ？」

と、首をかしげながら少年は診察室に向かう。

そうして、部屋に入ろうとした大介が目にしたのは、折り重なるようにして床に倒れて荒い息をついている真由と静華の姿だった。二人のナース服の前ははだけられていて、ブラジャーもたくしあげられているため、乳房が丸見えである。

室内には彼女たちの淫らな匂いが充満し、汗ばんだ肉体の体温で室温自体が高くなっているようにも感じられる。

その姿と匂い、そして少女たちの股間や太腿で濡れ光るものを見れば、ここでなにが行なわれていたか、童貞少年でもたやすく想像がつく。

だが、どうして真由と静華がレズ行為に及んでいたのか、まるで見当がつかない。

「な……なにやってんだよ、二人とも？」

幼なじみのネコ耳少女が身体を起こすのを見たとき、大介はいまだに混乱が抜けきらないまま口を開いていた。

すると、ようやく少年の存在に気づいた二人の耳っ娘が、ほぼ同時に濡れた瞳を向けた。

「ふみゃあ……ああっ、大介だぁ！」

「くうぅん……大介さん、やっと帰ってきて嬉しいコン！」

大好物を見つけた子供のような表情の少女たちに、大介は思わずたじろいでしまう。

（な、なんだ？　二人とも、いったいどうしちゃったんだ？）

真由も静華も顔が上気していて、瞳も潤んで熱に浮かされているかのようだ。呼吸の荒さなどから見ても、かなりの興奮状態にあるのは間違いない。

「大介ぇ！　オチ×ポ欲しいニャ！」

「わたしも、もう我慢できないコン！」

と言うなり、二人が獲物に飛びかかるように大介にしがみついてきた。

「うわっ！　ちょ、ちょっと……」

あまりの勢いに、少年は抵抗する間もなくその場に押し倒されてしまう。

そうして、ナース服の前をはだけたままの耳っ娘たちは、競うように大介のズボンに手をかけ、ベルトをはずしはじめた。

「なっ……やめっ！　ふ、二人とも、いったいどうしちゃったんだよ？」

普段からは考えられない少女たちの言動に、大介は戸惑いを隠せない。

「ああん。わたし、急にオチン×ンが欲しくなって……身体がうずいて、自分ではどうしようもないコン」

と答えながら、静華がズボンのファスナーを開ける。

「あたしも、我慢できにゃくにゃっちゃったニャ。こら、大介。暴れたらダメだぞぉ」

そう言いながら、真由がズボンとパンツに手をかけ、少年の下半身を強引にあらわにしてしまった。さすがに、二人がかりで襲われては抗《あらが》いようがない。

「わぁ。これが、男の人のオチン×ン……昔、弟のを見たことはありますけど、なんだか可愛いコン」

まだ勃起に至っていない一物をマジマジと見つめて、静華が感想をもらす。

「ふふっ、ホント。あたしは、小学校の低学年まで大介とお風呂に入っていたけど、にゃんだかあの頃とあんまり変わって……うわっ、おっきくにゃってきたぁ」

ネコ耳少女が、言葉を切って驚きの声をあげる。

確かに、大介の分身は無意識に海綿体の体積を増し、勃起をはじめていた。半裸の少女たちの視線のせいで、自然に下半身に血液が集中してしまったらしい。生の女性のこんな艶姿《あですがた》を見せつけられては、健全な青少年が興奮を抑えられないのも当然だろう。

「すごい……大介さんのオチン×ン、見るみる大きくなって……」

まだ半勃《はんだ》ち状態の一物を見ながら、キツネ耳少女が感嘆の声をあげる。

「へぇ、こんにゃふうににゃるんだニャア。にゃんだか、ちょっと面白いぞぉ」

真由も、目を輝かせながら少年の分身を見つめる。

二人とも、おそらく成長した男子のモノを目にしたのは初めてだろうが、恥ずかしがるどころか興味津々といった様子で、ペニスに熱い視線を注いでいる。

（いったい、どうしちゃったんだ？　二人とも、まるで発情した動物……あっ、そうか。二人には動物霊が憑《つ》いているから、発情期が……）

大介も、ようやく少女たちの異変の原因に思い当たった。

跡を継ぐ気がないとはいえ、一応は動物病院の息子だし手伝いもしているので、少年も動物の生態についてそこそこの知識は持ち合わせている。

（で、でも、それじゃあどうすれば……）

動物ならともかく、人間が発情した場合の対処法など童貞少年にわかるはずもない。

大介がパニックを起こしている間にも、真由と静華は一物に顔を近づけていた。

「ああ、大介のオチ×ポ。好き、好き。これ、欲しいニャン」

「くぅうん、わたしもオチン×ンが大好きコン」

動物の本能が前面に出ているせいだろう、二人の少女は普段の言動からは考えられないセリフを、平然と口走った。ペニスを見つめるその目は、まるで高級な宝石でも眺めているかのようにうっとりと潤んでいる。

「大介ぇ、オチ×ポをにゃめてあげるニャン」

「わたしも、してあげるコン。まずは、大介さんが気持ちよくなってくださいねぇ」

と言うなり二人が舌を出し、寝そべった少年の分身に競うように顔を近づけてくる。

「ちょっ……や、やめ……はうっ」

半勃《はんだ》ち状態の一物に少女たちの舌が触れた瞬間、大介は背筋を駆けあがった快感に思わず呻き声をもらしていた。

「んふっ。大介、にゃんだか可愛いニャ。ペロ、ペロ……」

「レロ、レロ……わたしたちの舌、気持ちよかったコン？」

美少女たちが、シャフトを舐めながら代わるがわる声をかけてくる。

「ふ、二人とも、なにしてるかわかって……うあっ、だ、だから……」

大介は、なんとか抗議の声をあげようとした。だが、分身から送りこまれてくる鮮烈な快感信号の前に、言葉がつづかない。

「ンロ、ンロ……もう。言われにゃくても、わかってるニャン。あたしだって、ホントは恥ずかしいんだぞぉ」

「わたしも、恥ずかしい……だけど、身体がうずいて我慢できないんですぅ。ああ、オチン×ンがますます大きくなって……とっても、すごいコン」

静華の指摘通り、童貞少年のペニスは初めてのフェラチオ、しかもダブルフェラという強烈なインパクトを受けて、見るみる最大レベルまで勃起していた。

「ふみゃあ。オチ×ポって、こんにゃにおっきくにゃるんだ。すごい……早く欲しいニャ」

真由が舌なめずりをせんばかりの表情で、少年の分身を眺める。

「ああ、弟が小さい頃に見たオチン×ンと全然違って……すごくたくましくて、こんなに立派な……なんだか、見ているだけであそこがうずいてきちゃうコン」

と、静華もとろけた視線を一物に注ぐ。

二人とも、まるで恥ずかしがる様子を見せなかった。むしろ、美少女たちに下半身を見られている大介のほうが、穴があったら入りたい気分に苛《さいな》まれる。

少年が、いたたまれなくなってペニスを手で隠そうとすると、真由と静華がそうはさせじというように手を床に押さえつけながら、再び一物に顔を近づけた。

「ふみゅう、もっとしてあげる。大介には、いっぱい感じてほしいんだニャ。レロ、レロ……」

「そうです。わたしだって、大介さんにもっと気持ちよくなってほしいコン。ペロ、ペロ……」

真由と静華が、一物の両脇からあらためて舌を這わせてきた。

「はふ、はふ……レロ、レロ……ちゅっ……」

「んろ、んろ……んふぅ、ペロ、ペロ……」

少女たちは、それぞれのリズムでペニスを舐めまわす。

「うはああっ！　そんっ……あううっ……」

一本の竿を異なるテンポで舐められ、大介はまともな言葉も発することができないほどの快感に体を震わせた。

二人の少女が放つフェロモンに感化されたのか、あるいはもたらされる快感の強さのせいか、いつしか抵抗を忘れて心地よさに酔いしれてしまう。それに、尻尾を嬉しそうに振りながらペニスを舐める美少女たちの姿を見ているだけで、興奮を抑えられない。

「レロ、レロ……あっ、オチ×ポの先からにゃにか出てきたぁ。あたしが、にゃめてあげるニャ。ペロッ」

と、真由が舌先でカウパー氏腺液を舐め取る。

もっとも敏感なところを刺激され、大介は思わず「うはっ」と声をもらし、おとがいを反らす。

「ふみゃ〜ん。にゃんか変にゃ味だけど、これだけでもオマ×コがうずくニャン」

ネコ耳少女の言葉に、竿の下を遠慮がちに舐めていた静華の耳が、ピクンと動いた。

「くう〜ん。わたしにも、舐めさせてほしいコン。チロ、チロ……」

真由を押しのけるようにして、キツネ耳少女も先走り汁を舐めはじめた。

そのやや遠慮がちな舌使いが、大介に射精しそうなほどの快楽をもたらす。

「静華しゃん、ズルイ！　大介のオチ×ポは、あたしだけのものにゃの！　ペロ、ペ

ロ……」

　と言って、今度は真由が強引に亀頭へと舌を這わせる。

「そんなの、認めません！　わたしだって、大介さんのオチン×ンが欲しいコン！　レロ、レロ……」

　キツネ耳少女も、対抗して鈴口を舐めまわす。

　二人は頬や鼻先をくっつけ、競うようにしながらペニスの先端を舐めつづけた。

「うっ、くはぁっ。そ、そんなに先っぽばっかり舐められたら、我慢できなくなっちゃうよ！」

　こみあげてくるモノを感じて大介が訴えると、行為に没頭していた二人の少女の頭にある耳が敏感に反応を示した。

「んはっ。セーエキ、出るの？　大介のセーエキ、もうすぐ出るニャン？」

「精液……ふああん、見たいコン。大介さんのザーメン、見てみたいですぅ！」

　どうやら、欲情しきった真由と静華に、少年の訴えは逆効果だったらしい。

　二人は身体の向きを反転させて、斜めにそそり勃《た》ったペニスの先端から向かい合う格好になった。

　大介の両脇に、ナース服の前をはだけた半裸の女体が並ぶ。

　まだ未成熟さのある真由と、着やせして意外とグラマラスな体型の静華。そんな二人の艶やかな姿を見ているだけで、興奮が見るみる頂点に向かって駆けあがっていく。

「大介ぇ。早くセーエキ出してニャア。ペロ、ペロ……」

「わたしも、ザーメンが出るところを見てみたいコン。ンロ、ンロ……」

耳っ娘たちが、頬や鼻をぶつけ合うようにしながら、亀頭を集中的に舐めまわす。

二枚の舌で、同時に敏感な先端部を舐められて、少年の我慢ももはや限界だった。

ついに大介は、「くはああっ！」と声をあげると、二人の美少女の顔面をめがけてスペルマを放った。

「ふみゃあああんっ、出たぁ！　セーエキ、いっぱい出たニャア！」

「きゅふううんっ。熱いコン……すごく、すごく熱いですぅ」

精液のシャワーを浴びながら、真由と静華が口々に感想をもらす。だが、いやがる素振りはまったく見せていない。

初フェラチオの興奮もあるのか、大介は自分でも信じられないくらい大量の白濁液を放って、少女たちの顔を汚していた。

そうして、ようやく精の放出が収まると、二人がそれぞれペタンと座りこんで顔をぬぐった。

「すごぉい。大介のセーエキ、ベタベタして変にゃ匂いがするぅ。でも、にゃんだか素敵だニャア」

幼なじみのネコ耳少女が、少し顔をしかめながらも甘い声をあげる。

「こんなにたくさん……ああ、ペロ……んっ、ちょっと変な味……けれど、あそこがすごくうずいてくるコン」

驚いたことに、静華は精液を舐めて、なんともとろけた表情を見せた。

「もう。あたしだって、負けにゃいんだから。ペロペロ……んんっ、ホントに変にゃ味ぃ。でも、大介のだから平気ニャン」

対抗意識を燃やした真由が、顔についた精液をぬぐって舐めはじめる。

「んっ。レロ、レロ……わ、わたしだって、大介さんのザーメンなら全部飲んでさしあげますっ。ペロ、ペロ……」

キツネ耳少女も、さらに精液を手でぬぐっては口に運んでいく。

二人の少女は、競うように自分の顔についた精液をぬぐって喉の奥へと流しこんだ。

大介は射精の余韻に浸りながら、彼女たちの様子を呆然と眺めていた。

(なんだか、夢でも見ているみたいだな……)

ダブルフェラでも信じられなかったのに、少女たちがまるでAV女優のようにスペルマを飲んでいる。その様子が、普段の彼女たちとギャップがありすぎて、現実感が乏しすぎた。これなら、実はまだベッドのなかにいて淫夢を見ている、と言われたほうが納得できそうな気がする。

そんなことを考えているうちに、美少女たちは顔についた白濁液をほぼぬぐい終えていた。

「ふみゃあぁ……はぁ、はぁ……セーエキ、いっぱい飲んじゃったぁ」

「くうぅぅん……ふぅ、ふぅ……わたしもぉ、とってもいっぱいコン」

真由と静華が、口々に感想めいた吐息《といき》混じりの声をもらし、あらためて少年のことを潤んだ目で見つめる。

「ふはああ……身体が熱い……もう、我慢できにゃいニャ！　大介、して！　早く、あたしとエッチしてぇ！」

「くぅうんっ、わ、わたしを先に……大介さん、お願いです！　わたしに、大介さんのペニスを入れてコン！」

少女たちは、競うように四つん這いになって少年にヒップを向けると、妖しく腰を揺らしながらおねだりをはじめた。尻尾が左右に揺れて、まるで手招きをしているようにも見える。

「ふ、二人とも、本当にどうしちゃったんだよ？」

あまりに淫らな様子に、大介は思わず聞いていた。

「ふみゃあん、セーエキをにゃめてたら、ますます身体がうずいちゃったんだニャア！」

「はああん、そ、そうなんですぅ。大介さんのオチン×ンが欲しくて、もう頭がおかしくなっちゃうコン！」

切羽《せっぱ》つまった声で、二人が口々に訴えてくる。

どうやら精液の味が、発情した少女たちの欲望の火に油を注いだらしい。

実際、ショーツを透けさせたヴァギナからは新たな蜜がとめどなく溢れていた。一部は床にポタポタと落ち、一部は太腿に淫らな筋を作っている。

それに、二人が放っている性フェロモンの影響なのか、あるいは彼女たちの淫らな格好を目の当たりにしているせいなのか、大介自身も射精直後にもかかわらず、いまだに昂《たかぶ》りが収まっていなかった。しかも、今は少女たちのほうから誘ってきているのだから、正常な性欲を持つ青少年としては拒めるはずもない。

（だ、だけど、どっちからしよう？　どっちを先にしても、あとになったほうから恨まれそうな気がするぞ）

ましてや、真由も静華もまったくタイプの違う美少女だし、どちらにも甲乙《こうおつ》つけがたい魅力を感じている。そのため、大介には優先順位などつけられない。

「ああっ、もうじれったいニャ！」

とうとう我慢の限界に達したのか、いきなり真由がパンティーを脱ぎ捨てた。そして、「えいっ」と少年の上にまたがってくる。

さらにネコ耳少女は、大介が驚きの声をあげる間もなくペニスをつかむと、自らの秘部と位置を合わせた。

キツネ耳少女のほうは、ライバルの突然の行動に言葉を失っている。

「んっ……んあああああっ！　入って……」

腰を沈めはじめた少女が、一瞬、顔をゆがめて動きをとめた。

ぬめった秘肉に包まれた先端部に、なにやら抵抗を感じる。おそらく、これが処女の証だろう。

「くっ、痛っ……ふみゃあぁぁぁぁんっ！」

真由が歯を食いしばってグッと腰をおろし、甲高《かんだか》い声をあげながらおとがいを大きく反らした。

同時に、なにかを引き裂くような感覚があり、竿全体が熱い膣肉に呑みこまれていく。

「うっ……み、みゅううう……」

苦しげな声をもらしながらも、ネコ耳少女はなお腰をおろしつづけた。

初めて男性器を受け入れた膣内は、さすがにかなりきつく、ペニスの侵入を拒むような膣肉の抵抗感がある。だが、そのぶん先端からシャフトまで強烈に刺激されて、大介は思わず「くうっ」と声をもらしてしまう。

そうして、とうとう真由は完全に少年の分身を呑みこんで、腰をおろしきった。

「はぁ～……はぁ、はぁ……入ったニャア……オチ×ポ、全部ぅ……くうっ、あ、あたしのにゃかぁ……」

少し苦しそうにしながら、ネコ耳少女が吐息《といき》のような声をもらす。

大介のほうはというと、手とはまったく異質の感触にペニスを包まれた快感で、もはや言葉もない。

「くぅぅん。真由さん、ズルイですぅ」

静華がなんとも悔しそうに言って、頰を小さくふくらませた。

「ふみゅうぅっ。は、早い者勝ちだニャ……んんっ、痛いニャアァ」

と、不意に真由が顔をゆがめた。なるほど、よく見ると破瓜《はか》の赤い印が結合部から出ている。

(真由のヤツ、初めてなのに自分から……)

いくら動物の本能が前面に出て正常な思考力を失っているとはいえ、あまりにも大胆な行動には、今さらながら驚きを禁じ得ない。

「んくっ……だ、大介ぇ。あたしが、気持ちよく……んにゅ、してあげるぅ……」

そう言って、ネコ耳少女が腰を上下に小さく動かしはじめた。

「んああっ、当たるぅ……あうっ、お、奥にぃ……コツコツって、んくううっ……」

快楽と苦痛が交互に襲ってきているのだろう、真由は心地よさそうな顔を見せたかと思うと、すぐに苦しそうな表情を見せた。また、腰の動きもたどたどしく、恐るおそるといった様子が手に取るようにわかる。

ついに少女は、大介の腹に手をついて動きをとめてしまった。

「ふぅ、ふぅ……ふみゃあ、痛くてぇ……あんまり動けにゃいよぉ……」

さすがに、発情中の本能の求めに対して、破瓜したばかりの肉体が追いついていないらしい。

「くぅぅん……欲しいコン……んんっ、わたしもぉ……ああっ、で、でも……んんっ、ふぁああ……」

不意に、傍《かたわ》らから切なそうな喘ぎ声が聞こえてきた。そちらに目をやると、やるせなさそうな顔をした静華が下着の奥に手を突っこんで、己《おのれ》の股間をまさぐっていた。

おそらく、大介と真由の行為を見ているうちに、身体のうずきを我慢できなくなったのだろう。

今にも泣きだしそうな顔で、自慰に耽《ふけ》るキツネ耳少女を見ていたら、さすがに放置しておくのが可哀相になってくる。

（仕方がない。一緒にするしかないか）

と思ったものの、分身は一本しかない。そうかといって、今の真由をどかすのは至難の業《わざ》だろう。だとすれば、大介にできることは限られてくる。

「静華先輩、俺の上においでよ。口でオマ×コを舐めてあげるから」

少年が声をかけると、静華がパッと顔を輝かせた。

「ああっ、それでもいいコン！　真由さんが終わるまで、わたしのあそこを慰めてくださぁい！」

一歳年上のキツネ耳少女はそう言って、しっとり濡れたパンティーを脱ぎ捨てた。そして、淡い恥毛に覆われた秘部を見せつけるようにまたがると、少年の口にヴァギナを押しつけてくる。

鼻腔に女性の匂いがひろがり、陰毛と恥丘、それにぬめった蜜の感触が唇に感じられる。

（真由もそうだけど、あの静華さんがこんなことをするなんて……）

発情期の犬やネコの様子はさんざん見ていたが、人間に発現するとこれほどのことになるとは。普段の奥ゆかしい彼女の態度を知っていると、あまりのギャップに目を疑いたくなる。

静華は、もう我慢の限界だったのか、すぐに自分で両胸を揉みはじめた。

「ふああんっ！　オッパイ……か、感じるコォン！　ああっ、早く、早くあそこを舐めてくださぁい！」

キツネ耳少女が、尻尾をパタパタ振りながら切羽《せっぱ》つまった声で求めてくる。

大介はそれに応じて、秘裂へと舌を這わせた。

「キャイィン！　いいっ、舌がぁ、いいのぉぉ！」

静華が、舌の動きに合わせて甲高《かんだか》い声をもらす。その手に力がこもったのが、乳房の変形具合でよくわかる。

「んああっ、あたしもぉ！　んっ、んっ、こう……にゃら……ああん」

対抗心を燃やしたのか、真由が再び腰を揺すりはじめた。ただし、今度は痛みがある上下動ではなく、横の回転運動が中心になっている。

「あんっ、んんっ、これにゃら、痛くにゃ……ふみゃああんっ！　い、今、すごく感じたニャア！」

と、ネコ耳少女が驚きながらも、なんとも甘い声をもらす。どうやら、横の動きは上下動より破瓜《はか》の部分がこすれないため、しっかりと快感を得られたようだ。

「あっ、はにゃあん……いいニャ……ああっ、これぇ、気持ちいいニャア」

痛みの少ない方法を見つけた真由は、たちまち快楽に溺れ、夢中になって腰を動かしつづける。

（ううっ、すご……チ×ポが気持ちよすぎる！）

大介のほうも、思わず呻き声をあげそうになっていた。少女の腰の動きに合わせてきつい膣肉が蠢《うごめ》き、分身に鮮烈な刺激がたてつづけに送りこまれてくる。その心地よさは、オナニーなど比較にならない。

ペニスからの快感と口で感じる女性器の感触に、少年は頭の芯が次第にしびれてくるのを感じていた。同時に、もっとこの快感を味わっていたい、二人をもっと感じさせたい、という気持ちも湧きあがってくる。これも、少女たちが放つフェロモンの影響だろうか？

大介は静華の太腿をつかむと、本格的に秘裂へと舌を這わせた。

「きゃううううんっ！　大介さんの舌ぁぁぁ！　くうぅうん、感じるコォォン！」

ロングヘアの少女が、己《おのれ》の胸を揉みながら大きくおとがいを反らし、なんとも心地よさそうな声をあげる。

「ふみゃあ！　大介のオチ×ポ、あたしのにゃかでビクンって……ますます硬く……すごいニャアァァァ！」

と嬌声《きょうせい》をあげながら、真由の腰の動きもいちだんと大きなものになった。もう痛みも感じていないのか、その声はひたすら甘いものになっている。

ますます昂《たかぶ》った大介は、指で静華の淫裂を割り開き、シェル・ピンクの秘肉に舌を這わせた。

「くうぅぅぅんっ！　だ、大介さん……それ、いいっ！　ああんっ、もっとぉぉ！」

キツネ耳少女の秘部の奥からは、舐めきれないほどの量の蜜が溢れて少年の口のまわりをしとどに濡らす。そして、その芳香が理性をさらにしびれさせていく。

また、初めてペニスで味わっている膣肉のきつくもぬめった感触が、なんとも言えない心地よさを生みだしていた。先ほどダブルフェラで出していなかったら、この快楽に耐えきれずに、とっくに暴発していただろう。

「あんっ、あんっ、大介ぇ！　オチ×ポいい！　すごいニャ！　ふみゃあああん！　感じるぅぅぅ！」

「キャウゥン！　あそこ、いいコォォン！　ひゃうっ、キユゥゥン！　大介さん、気持ちいいのぉ！」

二人の少女も、それぞれに甲高《かんだか》い喘ぎ声をもらし、快感に溺れていた。

（うはぁ！　チ×ポがよすぎて……も、もうダメだ……）

初めての甘美な快楽の前に、健全な青少年の性の昂《たかぶ》りは早くも二度目の限界を迎えようとしていた。

「ああっ、大介のオチ×ポ、ビクビクって……出そうニャ？　んんっ、セーエキ出そうにゃの？　ああんっ、あたしももう……イッちゃいそうニャア！」

少年の分身の変化に気づいたらしく、真由が切羽《せっぱ》つまった声をあげる。

「あぁぁんっ！　わたしもぉ！　わたしも、もう……きゃいぃぃぃぃぃん！」

大介の舌がプックリと存在感を増した肉豆に触れると、静華が胸を揉みながら甲高《かんだか》く鳴いた。

（ああ、おそらくここがクリトリスなんだな）

と、漠然と思いながら、そこを集中的に舐めまわす。

「キャヒイィィン！　そんっ……しびれちゃいますぅぅ！」

静華が、切羽《せっぱ》つまった声をもらした。どうやら、そろそろ限界らしい。

「あっ、あああっ、大介の腰ぃ……はにゃああっ！　いいニャ！　奥に当たっていいニャアァァァ！」

どうも、大介は舌を動かしながら無意識に腰も動かしていたらしく、ネコ耳少女がビクビクと身体を震わせながら大声を出した。そうして、彼女は自らも乗馬をしているように腰を上下に揺すりだす。

「あ、当たるぅぅ！　大介のオチ×ポ、はみゃあっ、子宮に当たるニャアァァ！　いいっ、いいんだニャはぁぁぁぁぁん！」

幼なじみの動きに合わせて、膣肉がリズミカルに蠢《うごめ》いてペニスを締めつけてくる。ただでさえ上下動でしごかれているところに収縮運動を加えられ、パンパンにふくらんでいた我慢の風船に、限界の針が突き刺さった。

大介は「くっ」と声をもらすなり、ネコ耳少女のなかに精を解き放っていた。

「ふみゃっ？　出てるぅ！　大介のセーエキ、子宮に当たって……あっ、あたし、はにゃあああああぁぁぁぁぁぁぁぁぁぁぁん!!」

と、真由が大きくのけ反って身体を強《こわ》ばらせる。

「あああっ、わたしもっ、もう……くはああぁぁぁぁぁぁぁぁん！」

ほぼ同時に静華も絶頂の声をあげ、大介の口に愛液の間歇泉《かんけつせん》が降りかかる。

まるで、精をすべて搾り取ろうとしているような真由の膣の感触に、少年の射精はなかなか収まる気配を見せなかった。なにしろ、初めての女性器の感触、おまけに口でもう一人の少女の秘部を味わいながらの膣内射精だ。興奮のボルテージが、なかなかさがらないのも無理はない。

「あ……ああああ……ふみぃぃぃ、いっぱいぃぃぃぃ……大介のセーエキで、お腹いっぱいににゃっちゃったぁぁぁ……」

ようやく射精が終わると、真由が間延びした満足げな声をあげながら虚脱した。少女の全身から力が抜けたのは、膣の感触で大介にも感じられる。

「はぁ、はぁ……くぅぅん、大介さぁぁぁん」

顔の上からどいた静華が、なお興奮冷めやらぬ表情で少年のことを見つめてきた。どうやら、こちらは絶頂に達してもまだ満足してないらしい。

（やっぱり動物の発情と同じだから、最後までしなきゃダメなのかな？）

たった今、幼なじみと初体験を経験したばかりだというのに、さらに憧れの先輩とまでセックスをすることには、さすがに抵抗を覚える。

しかし、動物の本能に支配された静華の昂《たかぶ》りを収める方法は、おそらく他にはないはずだ。

もしも大介が拒んだら、今の彼女の状態では犬にでも尻を振りかねない。それどころか、万が一にも外に飛びだして手近な男を誘うようなことがあったら……。

（静華先輩に、絶対そんなことさせてたまるか！　だったら、俺が先輩を鎮《しず》めてやるしかないじゃん！）

そう考えた大介は、つながったまま荒い息をついている真由を、上からどかすことにした。

3 ロストバージン～静華

宮ノ森静華は、クンニリングスをされてもなお身体の火照《ほて》りが収まらないことに戸惑いながら、後輩の少年が真由から一物を抜くのを見つめていた。

（わたし、なんてことを……ああっ、恥ずかしすぎて死んでしまいたい。でも、大介さんのオチン×ンが欲しくて、身体がうずいて抑えられないの！）

彼と幼なじみだというネコ耳少女の股間から、なお硬度を失っていない一物が姿を現わす。竿にネットリこびりついた蜜とスペルマのミックス液が、蛍光灯の明かりを反射して、濡れ光っている。その一部に、淡い赤色になったものが混じっているのが見えた。

それを目にすると、あらためて先を越されたことへの悔しさがこみあげてきた。だが、同時にますます子宮のあたりがキュンと締まり、身体の火照《ほて》りが増す。

（ダメぇ。もう我慢できないの！　わたしも、大介さんに早くしてもらいたい！）

静華は再び自ら四つん這いになり、少年に尻を向けた。

「ああ……大介さん。わたしにもぉ……早く、わたしにもオチン×ンを挿《い》れてコン」

と、尻尾を振りながら腰を左右に動かす。

（こんなことを自分から言うなんて、すごくはしたない……でも、わたしのなかのコンちゃんが、大介さんのオチン×ンを求めてしまうのぉ！）

静華は伝統ある神社に生まれ、優しくも厳格な両親に育てられてきた。そんな自分が自ら男性を誘うことなど、いつもなら考えられないことである。

もちろん、年頃ということもあって、コンに取り憑《つ》かれる前にも好奇心で己《おのれ》を慰めてみたことはあった。だが、「いけないことをしている」という罪悪感から、どうしても最後まではつづけられなかった。

ところが、発情したら真由の前でオナニーをしたうえ、レズ行為にまで耽《ふけ》って初めての絶頂を味わってしまったのである。しかも、いきなりフェラチオをして、次に性器を舐めてもらい、さらにはこうして彼を誘って腰を振っている。いくらキツネの発情期に影響されてのこととはいえ、我《われ》ながらまったくもって信じられない。

しかし、今はそんな羞恥心よりも、少年にペニスを挿れてもらいたいという欲求のほうがはるかに強い。

（それに、大介さんと一つになるのは、わたしがずっと望んできたこと……）

大介とは、学校で飼われている動物の世話を通して、今年の四月に知り合った。

最初は、動物病院の息子ということで後輩ながらも頼りになる、という程度の印象だった。しかし、一緒に動物たちの面倒を見てきて、彼のさりげない優しさに触れているうちに、心惹《ひ》かれるようになっていたのである。そして、少女はいつの間にか大介と結ばれることを夢見るようになっていた。

だが、静華にはその夢を叶えられない家の事情がある。

それに、少年の傍《かたわ》らは「腐れ縁の幼なじみ」だという真由がいた。二人は交際を否定していたが、端から見ているとお互いに意識しているし、ケンカばかりしながらもお似合いだという気がした。それが羨ましく、また悔しくてならなかった。

コンの霊に取り憑かれたときも、最初は驚き戸惑ったものである。だが、その望みが主不在となった茂野動物病院を手伝うことだと知って、少女のなかにはむしろ喜びがこみあげてきた。

（これで、大介さんと一緒にいられる。もっと、大介さんのことをいっぱい知ることができる）

という期待もあって、宮司《ぐうじ》である父の戸惑いも気にならなかった。

だが、まさか真由まで同じことになっているとは。挙げ句、自分のほうが先に発情しながら、目の前でライバルに先を越されてしまったのだ。

発情した本能に、こうした鬱積《うっせき》した思いが加わったせいか、今はどうにも自分を抑えられない。

腰をくねらせていると、起きあがった少年がくびれたウエストをグッとつかんだ。

（くぅぅん、恥ずかしい。大介さんにお尻まで見られて……でも、こうされるだけで、なんだか嬉しくてたまらないのぉ）

思いを寄せていた少年と一つになれるという期待、なにより男性器を迎え入れることへの本能的な欲求が、静華の身体の奥で駆けめぐる。

ペニスが秘部にあてがわれた途端、悦びがこみあげて少女はつい「ああっ」と声をあげてしまう。

「じゃあ、挿《い》れるよ」

と緊張した声で言うと、少年が腰に力をこめた。

先ほどフェラチオをしていたいびつな先端部が、花弁の肉を割り入ってくるのが、はっきり感じられる。

「くっ……ふあああ……」

割れ目を押しひろげられる感触に、静華は思わず声をこぼしていた。

一物がさらに進んできて、間もなく少女は自分のなかにペニスを遮《さえぎ》る壁のような存在を感じた。普段は意識したことがないが、これが処女の証なのは容易に想像がつく。

いつもの静華だったら、すでに怖じ気づいていたかもしれない。

大介も処女膜の存在に気づいたらしく、動きがピタリととまった。このまま少女を貫いていいものか、ためらっているのがペニスから伝わってくる。

（ああ。大介さんが、わたしのことを心配してくれている。嬉しい……）

一歳年下の少年の気遣いに、静華の胸に熱いものがこみあげてきた。

少女は振り向いて大介を見つめると、小さくうなずいた。

「大介さん、早く……わたしの処女を、大介さんにもらってほしいんです」

普段なら決して言えないであろう言葉が、すんなりと口をついて出る。

「……わかったよ。静華さん、痛かったらゴメン」

と言うと、大介が腰に力をこめて一物を押し進めた。

途端に、肉の繊維がプチプチと引き裂かれる感覚が訪れ、鋭い痛みが股間から全身に向かって走り抜ける。

「きゃいいぃいぃいぃいんっ！　あっ、いたぁぁあぁぁぁあっ！　くあああぁあっ！」

さすがに我慢しきれず、静華は思わず苦悶の声をこぼしてしまった。

だが、大介はもう引きかえせないと思っているのか、なおも侵入をつづける。

そうして、少女がこれ以上は耐えられないと思ったとき、ヒップに彼の腰が当たってようやく動きがとまった。

（は、入ったぁ……全部、大介さんのオチン×ンがわたしのなかにぃ……）

と悟った途端に腕から力が抜けて、静華はグッタリと床に突っ伏してしまった。

「はぁ、はぁ……いつっ……あぁあ……」

呼吸がすっかり乱れていて、言葉が出てこない。それに、痛みで身体にもまるで力が入らない。

（でも、すごい……あそこにとっても硬いモノが入っていて、内側からグイってひろげられているのぉ）

その初めての感触が妙に心地よく感じられるのは、発情期の動物の本能が強く働いているからなのだろうか？　それとも……。

「静華先輩、大丈夫？　痛いんだったら、もうやめたほうが……」

よほどつらそうに見えたのか、大介が心配そうに声をかけてくる。

「だ、ダメぇ。やめないで、このまま……大介さんを、もっといっぱい感じさせてほしいコン」

と、静華は思わず訴えていた。

痛くて苦しいのは、確かに間違いない。だが、同時にとても満たされた幸福感も湧きあがっている。

(これ、ただ男の人を迎えたからだけじゃないわ。きっと、大好きな人と……大介さんと一つになれたから、わたしはこんなに幸せを感じているのよ)

大介は、少女が落ち着くのを待っているのか、つながったまま動きをとめていた。

やがて痛みがやや収まって、静華の呼吸は本来のものに戻ってきた。腹に異物感があって、やや息苦しさは感じているものの、どうにか慣れてきた気がする。

「静華先輩、動いても平気?」

恐るおそるといった様子で、少年が口を開く。

「はい……いいコン。大介さんのなさりたいように……わたし、痛くても我慢しますから」

「そんなこと……痛かったら、我慢しなくていいよ。俺、先輩が苦しい思いをするのはイヤなんだ」

その言葉から大介の心遣いが感じられて、自然に胸が熱くなる。

同時に、静華はこれまで心に秘めたまま言いだせなかったことを、口にしようとする決心を固めた。

「あ、あの……大介さん、一つお願いがあるんですけど」

「なに？」

「わたしのことを『先輩』って呼ぶの、やめてほしいんです」

静華の言葉に、少年が面食らったような顔をした。

「えっ？　でも、先輩は先輩だし」

「そうですけど……でも、なんだか大介さんが、わたしと距離を取っているみたいに思えて。普通に、名前だけで呼んでほしいコン」

そもそも、真由が呼び捨てなのだから、できれば自分も同じように呼んでほしい。そうなってこそ、今はネコ耳になっている少女と対等の位置に立てる気がした。

「えっと……じゃあ、し、静華……さん」

しばらくためらってから、大介が恥ずかしそうに言ってうつ向く。

「んっ……嬉しいコン。ありがとうございます、大介さん」

本来なら、「さん」もいらないと言いたいところだが、とりあえず今はこれで充分だろう。

心にあったシコリのようなものが消えると、静華のなかに動物の本能が急激に湧きあがってきた。

「くぅぅん……ああん、大介さん動いてコン。早く、動いてほしいコン」

どうも、キツネの意識がふくらんでくると、語尾が自然におかしくなってしまう。

だが、大介は気にする様子もなく、少女の求めに応じて小さく腰を動かしはじめた。

「んっ、あっ……ああっ……キャイィィン……お、奥に当たるぅ……」

「静華先ぱ……じゃなくて、静華さん、痛くない？」

子宮口をノックするように軽く突きながら、心配そうに大介が聞いてくる。

「あんっ、はい。これなら、平気コン……くぅぅん……気持ちいいのぉ」

痛みがまったくない、と言ったらウソになる。だが、少年はあまり腰を引かず、突く動作を重視してピストン運動をしてくれていた。おかげで、痛みよりも膣壁全体と子宮口からもたらされる心地よい刺激のほうが、はるかにうわまわっている。

「すごいよ。静華さんのなか、俺のチ×ポにウネウネ絡みついてきて……スゲー気持ちいい」

動きながら、大介がうわずった声で感想をもらす。

「ああっ、恥ずかし……そんなこと、言わないでコォン」

と言いながらも、少女の心にはなんとも言えない悦びがこみあげてくる。

静華の様子を見ながら、少年は少しずつ腰の動きを大きくしていった。

「きゃいぃぃぃいぃいんっ！　いいっ！　子宮に……くうぅぅん、すごいコンっ！　あっ、あぁぁぁぁん、わたし、こんな声……は、はしたない、という思いはあった。しかし、
できれば、大介に淫らな喘ぎ声を聞かせたくない、という思いはあった。しかし、
彼からもたらされる圧倒的な快感の前には、そんな気持ちも霧散してしまう。

それに、後背位が動物的な体位ということもあるのか、恥ずかしさに妙な安心感も伴っている。

ところが、大介は不意に動きをとめると、少女の上体を持ちあげた。そして、自分の上に静華を乗せるようにして自らが床に座る。その瞬間、結合部に自らの体重が集中した。

「くあああぁぁっ！　ふ、深いぃぃぃぃぃ！」

ペニスが身体のさらに奥まで突き刺さって、少女は思わず叫んでいた。

だが、不愉快な感覚ではない。むしろ、今はこの深さが少年との一体感をもたらす悦びに思える。

大介が少女のウエストに腕をまわし、突きあげるように腰を動かしはじめた。

「あああぁっ！　すごっ！　突き抜けそうぅぅ！」

子宮口をノックされるたび、すさまじい快感が脊髄《せきずい》を駆けあがって、静華の脳天ま

で一気に貫いていく。

「ほら、静華さんも腰を動かして」

少年にうながされ、静華は小さく腰をくねらせてみた。

「きゃううぅうぅん！　いいコン！　あんっ、あああんっ、これぇっ、き、気持ちいいのぉぉ！」

自ら腰を動かすなど、いつもなら絶対にできないだろう。しかし、発情したコンの意識のせいか、今はさらなる快楽を求めることしか考えられない。

大介は少女のバストをつかむと、手に力を入れてグニグニと揉みしだいた。

「はひぃぃぃぃ！　キャウゥゥン！　それ、いいのぉ！　大介さん、もっとぉぉぉ！」

ネコ耳少女に揉まれていたとき以上の快感がもたらされて、静華はつい甲高《かんだか》い声を張りあげていた。

さらに、大介は少女の首筋にキスをして、舌を這わせた。すると、首筋からもなんとも言えない快電流が全身を駆け抜けて、思考をしびれさせていく。

（ああっ、幸せぇ！　この心地よさが、ずっとつづけばいいのに！）

ずっと思いを寄せていた少年に愛してもらっているということに、静華は人生で最良とも言える悦びを味わっていた。

ところが、そんな思いを察したように、少女の傍《かたわ》らでグッタリしていた真由が身体を起こした。

「ふみゃあぁん……静華しゃん、あたしが手伝ってあげるニャン」

と言いながら、ネコ耳少女が顔を近づけてくる。

「ああっ！　だ、ダメぇ！　あんっ、あんっ、やめ……んんっ！」

背面座位では逃れようもなく、少女の乳首は真由に咥《くわ》えられてしまった。

咥えるなり、一歳年下の少女はまるで母親に甘える赤ん坊のように無心に乳首をしゃぶってくる。

「んむうぅぅぅ！　むんっ……んんんんっ！　んぐ、んぐ、んぐぐぅぅぅ！　んっ、んっ、んんん……」

静華は抵抗を試みたが、発情しきった肉体は新たに加わった快楽をいつしか受け入れてしまう。

(もう、ダメぇ……わたし、どうにかなっちゃいそう)

大介には下から突きあげられ、さらに胸を揉まれながら首筋を舐められ、真由からはもう片方の胸を責められる。

この四カ所からの鮮烈な快電流の嵐に、静華は切羽《せっぱ》つまった感覚を味わっていた。

「ああっ、すごい！　さっきより、もっと……もっと大きなのが身体の奥から来る！もう、わたし耐えられない！」

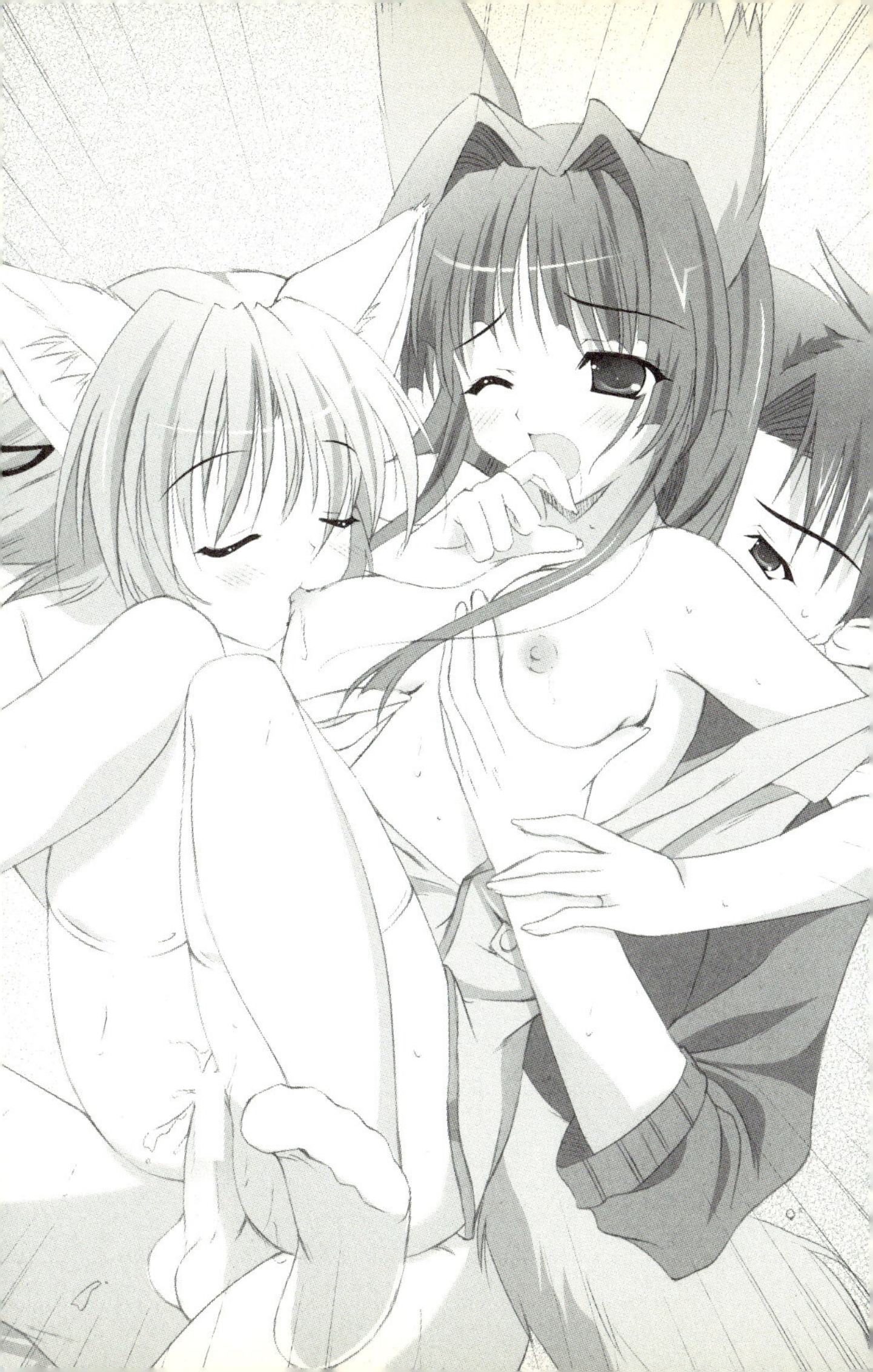

レズ行為やクンニリングスで達した以上の、今までに感じたことのない昂《たかぶ》りが一気に爆発しそうな予感が、脳裏を駆けめぐる。

「うああっ！　し、静華さんのなか、チ×ポにすごく絡まってきて……そんなにされたら、俺もう出ちゃうよ！」

大介が、呻くように訴えてきた。どうやら、声を出せないぶん、膣に力が入ってしまったらしい。

「出してコン！　出してください、大介さん！　なかに、わたしのなかにも、いっぱい出してくださぁぁぁぁい！」

静華はネコ耳少女の唇を強引に胸から振り払って訴えていた。

「ふみゃあっ！　ダメぇ！　大介、静華しゃんのにゃかに出さにゃいでよぉ！」

真由がなんとも悲しげな声をあげ、一歳年上の少女を引き剝がそうと試みる。

だが、もうここまできたら遠慮もしていられないのだろう、大介はネコ耳少女の声を無視して荒々しく腰を突きあげてきた。

そうして子宮口を何度かノックされると、静華にとうとう快楽の限界が訪れた。

「あっ、あっ、ああっ、もう……きゃはあああああぁぁぁぁぁぁぁぁぁぁん!!」

少女が絶頂の声をあげるのと同時に、大介も「くっ」と声をもらし、胸をつかんだ手に力をこめる。それとともに、静華は膣内で熱い液が弾けるのを感じた。

「ああああっ、熱いの……ザーメンが……いっぱい、いっぱぁぁぁい……」

膣のなかが、大量のスペルマで満たされていく。さらに、逆流した精が結合部から溢れて床に落ちていくのも、はっきりとわかる。

精液の放出が終わるのに合わせて、エクスタシーを味わった身体からも力が一気に抜けていった。

（あああ……幸せぇ……わたし今、すごく幸せなのぉ……）

静華は絶頂の余韻に浸りながら、これまでの人生でもっとも満たされたような感覚を味わっていた。思いを寄せていた少年から濃厚に愛され、精をお腹いっぱいになるまで注いでもらったのだから、これほどの幸福はない。

「ふみゅ～！　大介のバカバカ！　なんで、静華さんのなかにもセーエキ出しちゃうのよぉ！」

と、真由が荒い息をついている少年に文句を言っているのが、妙に遠くから聞こえてくるように感じられる。

（……精……液？　ああんっ、大介さんのオチン×ンが、わたしのなかでピクピクして……えっ？　オチン×ン……それに、精液って……）

不意に、静華の心に理性が戻ってきた。あれほど身体中に渦巻いていた性の渇望も、ウソのように消えている。

（わ、わたし、いったいなにを……あっ……ああ……）

自分が今までなにをしていたのかは、すべてはっきりと覚えていた。そして、今どんな状態なのかも。

一瞬で、静華の頭に血がのぼった。思考が真っ白になって停止し、脳味噌《のうみそ》が沸騰して爆発してしまいそうになる。

「き……きゃああああああああああぁぁぁぁぁぁぁ！」

パニックを起こした少女の、まさに絹を裂くような強烈な悲鳴が、病院中に響き渡った。

III メイドVS巫女でご奉仕競争!?

1　一夜明けても……

朝、大介が一階の厨房《ちゅうぼう》で動物たちの食事を用意していると、ナース服姿の真由と静華がやって来た。

「……おはよ。大介、早いね?」

「えっと……おはよう……ございます、大介さん」

少女たちが、なんとも恥ずかしそうに挨拶《あいさつ》をしてくる。

「あ……ああ。おはよう、真由、静華先輩。その、ゆうべはあんまり眠れなかったから さ……」

返事をしながらも、少年は二人の顔をまともに見ることができなかった。さすがに昨日の記憶が鮮明すぎて、平静を装うのは難しい。

（二人とも、あんなに恥ずかしそうにして……やっぱり、昨日のあれは夢じゃないよなぁ）

昨日、妙な形で初体験をしたあと、三人とも夕食もほとんど食べられず、それぞれ部屋に引きこもって顔を合わせることはなかった。

もっとも、少女たちにしてみれば、いくら動物の発情期の本能に支配されていたとはいえあんな痴態をさらしたのだから、大介以上に恥ずかしいのは当然だろう。

（だけど、俺だって……これから、どんな顔をして真由と静華先輩と接していけばいいんだ？）

半ば事故のようなもので、向こうから求められたこととはいえ、二人の少女と肉体関係を持ってしまったのはまぎれもない事実だ。

せめて、どちらか片方となら、気楽ではないにせよ気持ちの割り切りはついた気がする。だが、二人と同時に関係を持ってしまっては、どうしていいかまったくわからない。

とにかく、こんなことになってしまった以上、今までのように友人の感覚で付き合っていくのは難しそうだ。

また、自然な愛情の高まりの結果ではなく、発情期の影響で予想外の初体験をしてしまったため、どうにも戸惑いがぬぐえない。

そんなことを延々と考えていて、ゆうべはほとんど眠っていないのである。

「あ〜……そのぉ……そ、そうだ。あたしは、二階で人間の朝ご飯を作るから、こっちは大介と静華さんでお願いね。それじゃっ！」

あわてたように言うと、真由がそそくさと厨房《ちゅうぼう》から出ていった。

「ええっ？　ま、真由さ〜ん」

走り去るネコ耳少女の後ろ姿を、静華が情けない声をあげつつ、すがるような目で見つめた。やはり、昨日の痴態をまだ相当気にしていて、少年と二人きりにはなりたくないらしい。

実際、発情が収まったあとのキツネ耳少女は、一時その場で命を絶ちかねないほど取り乱していた。夕食の頃には多少は落ち着いたものの、大介のほうが心配になるくらいドップリと落ちこんでいたものである。さすがに、昨日の今日でいつもの彼女に戻れるとは、とても思えない。

結局、しばらく躊躇《ちゅうちょ》していたものの、静華はうつ向いたまま少年の傍《かたわ》らにやってくると、無言で動物たちの食事の準備をはじめた。

どうにも気まずい空気が、二人の間に流れる。

（い、イカン。こんな状態で、これから何日も過ごすことなんてできないぞ。仲直り……じゃないけど、この雰囲気だけでもどうにかしないと）

そう考えた大介は、なんとか上級生の少女と話をしようとした。だが、気の利《き》く性格ではないため、どうにも適当な話題が思いつかない。

「あ～……その、静華先輩……」

とりあえず口を開いて、視線を合わそうとしない少女に声をかけてみる。

すると、静華が前を向いたまま、「大介さん……」と口を開いた。

「ん？　なに？」

「わたし、お願いしたはずです。『先輩』はやめてくださいって」

「えっ？　あ、でも……」

予想もしなかった発言に、大介は戸惑いを隠せなかった。

少年は、あの言葉は単に発情して昂《たかぶ》った感情から出たものだと思っていた。加えて照れくさかったこともあり、行為のあとは元の呼び方に戻していたのである。だが、まさかそこにツッコミが入るとは。

静華はようやく少年のほうを向いて、上目遣いに見つめてきた。

「大介さん、わたしとエッチしたこと……後悔していますか？」

「いや、その……後悔って言うか、全部が突然すぎたから、まだ心の整理がつかないって言ったほうがいいかも」

他に言いようがないため、大介は今の正直な思いを口にした。

もちろん、一つ屋根の下で暮らしていたのだから、こういう関係になる妄想を抱かなかった、と言ったらウソになる。しかし、今回は事態があまりに急すぎて、いまだに自分のなかで状況をしっかり受けとめるだけの余裕がない。

「それじゃあ、後悔はしていないいんですね？」

「えっと……うん、まぁ」

大介は、ためらいながらもうなずいた。

少なくとも、静華にも真由にも異性としての魅力は感じていた。だから、セックスに至った状況などへの戸惑いはあっても、関係を持ったことへの後悔の念はない。

「そうですか。よかったぁ」

と、静華がようやくかすかな笑みを見せる。

それから、キツネ耳少女は少したためらう素振りを見せて、おずおずと口を開いた。

「大介さん……あの、わたしのこと嫌いになっていませんよね？　ふしだらな女だって、軽蔑していませんか？」

どうやら彼女が気にしているのは、関係を持ったことではなく、初めてだというのに激しく乱れて痴態をさらしたことのほうだったらしい。

「そ、そんなこと、思うわけないじゃん。あんなふうになったのは、静華先輩……静華さんのせいじゃないいんだし」

「ええ、そうなんですけど……」

頰をほのかに赤くして、うつ向く静華。

そんな上級生が無性に愛おしくなって、大介は思いきり抱きしめてあげたい衝動に駆られた。

（少し近づいて手を伸ばせば、静華先ぱ……静華さんと……）

よく考えてみると、昨日はいきなりダブルフェラやクンニリングス、そしてセックスを経験したものの、もっとも初歩的なキスをまったくしていなかった。肉体関係を持ってからというのも変な気はするが、今がファーストキスのチャンスかもしれない。

こみあげてくる思いを抑えられず、少年は静華に一歩近づいた。

「だ、大介さん……」

キツネ耳少女のほうも逃げようとせず、頰をほのかに赤く染めながら大介の顔を見つめる。

少年が、今にも静華の肩をつかもうとしたそのとき。

「ほ～お～。と～りあえず心配で見に来たんだけど、ず～いぶんとい～雰囲気じゃないの～？」

不意に、出入り口から真由の声が聞こえてきた。

あわてて見ると、そこには腕組みをした笑顔のネコ耳少女が立っていた。しかし、表情とは裏腹に全身から怒りのオーラが立ちのぼっている。また、耳や尻尾の毛も完全に逆立って、彼女の本当の感情をあからさまに表わしていた。

「……っ！」

静華が顔を真っ赤にして、あわてて少年から離れる。

「あ……えっと、これはその……」

大介のほうは、なんとかネコ耳少女に言いわけをしようと試みた。

「だ〜い〜す〜け〜。遺言《ゆいごん》があるなら、聞いておくわよ〜？」

と笑顔で言いながら、ボキボキと指を鳴らして近づいてくる真由の姿に、少年は恐怖を感じずにはいられなかった。

2 年越しハーレム

大晦日《おおみそか》になっても、動物病院での一日があわただしいことに変わりはなかった。

もちろん、二人の少女も仕事のコツを覚えて、以前よりかなり手際はよくなっている。しかし、年始の準備や大掃除などにも時間を割かれて、なかなかのんびりする時間が取れない。

大介も病院での仕事はもちろん、父の見舞いや買い物などを一手に引き受けているため、大晦日《おおみそか》の今日もあわただしく動きまわっていた。

それでも、夕飯の頃にはようやく一息つくことができた。

今回、真由も静華も耳や尻尾のことがあるため、正月も帰宅せずに動物病院を手伝うことになっている。徹の入院で、一人寂しい正月を迎えることを覚悟していた少年にとって、二人の美少女が一緒にいてくれるのは、とりあえずありがたいと言えるだろう。

それぞれに入浴し、暖房の効いたリビングで公共放送の歌合戦を見ながら三人で年越しそばをすすっていると、一年がもうすぐ終わることをしみじみと実感する。

大介が学園の高等部に入学してから、八カ月あまり。前半は、静華と出会って親しくなった以外、それほど大きな変化はなかった気がする。

しかし、ミーシャの入院の頃から、静華がキツネを運びこんできたりして、いろいろとあわただしくなった。挙げ句、今月に入って動物看護師の退職、父の入院、さらにはネコとキツネに取り憑《つ》かれた少女たちとの共同生活と、めまぐるしく状況が変化した。おまけに、数日前にはいささか予想外の形だったとはいえ、童貞喪失に3Pまで経験してしまったのである。

（ホント、こんなことになるなんて思いもしなかったけど……まぁ、いい一年だったかな？）

そばを食べ終えると、大介は今年を振りかえりながら、そんな結論を出していた。

私服姿の真由と静華も、少年よりも量が少なめの年越しそばを食べ終え、にこやかに談笑している。

二人とも、初体験の翌日までは戸惑いや恥じらいがあったようだが、さすがに今は尾を引いていなかった。それどころか、むしろ前にも増して明るく、また嬉しそうにも見える。

(いったい、二人ともなにを考えているんだろう？　そりゃあ、いつまでもよそよそしいままじゃ困るけどさ)

ただ、この穏やかな雰囲気が、むしろ嵐の前の静けさのような気がしてしまうのは、大介の考えすぎだろうか？

それに、あれから二人がまったく発情していないのも、不思議と言えば不思議なことだった。もっとも、膣内射精をしたため発情期が終わった、とも考えられるが。

(だけど、もっとエッチしたかった気もするんだよなぁ)

あれほど戸惑いを感じていたというのに、時間が経つとセックスの心地よさばかりが思いだされる。そのため、性欲にあふれる青少年としては、もう一度したいという気持ちがどうにも抑えられなくなってしまう。

しかし、さすがに自分のほうからそんなことを切りだす気にもならず、今は悶々としながら日々を過ごしていた。もしも発情していない少女たちを求めたら、特に真由あたりからは思いきり殴られるか、引っかかれてしまいそうな気がする。

（どうせなら、また二人とも発情してくれないかなぁ）

などと、大介が思っていると……。

「ん……はぁ……」

長袖のワンピース姿の静華が、不意に甘い吐息《といき》をもらした。

気になって見ると、キツネ耳少女は顔を赤くして身体をムズムズ動かし、まるで小用を我慢しているような素振りをしている。

（ま、まさか……）

つい今し方まで、そんな気配を微塵《みじん》も感じさせていなかった少女が、唐突にこのような状態になる原因は、一つしか考えられない。

「大介さぁん……なんだか、身体がうずきはじめちゃったコン」

案の定、静華がキツネの意識が強くなったときの口調になり、少年を濡れた瞳で見つめてきた。

「ちょっ……し、静華さん？」

ちょうど、もう一度したいなどと考えていた矢先なだけに、あまりにもタイミングがよすぎて少年はかえって戸惑いを隠せない。

だが、発情した静華はもはや大介の態度など意に介する様子もなく、ズイッと身体を近づけてきた。

「わたし、また大介さんにエッチしてほしいんです……ああ、自分からこんなことを言うなんて、やっぱり恥ずかしいけど……でも、我慢できないコン」

そう言って、静華が潤んだ目を少年に向ける。そのあまりの艶やかさに、やりたい盛りの青少年の理性が、たちまち音をたてて崩壊しそうになる。

「静華さん、ズルイぞ！　あたしだって、ずっと遠慮してたのにぃ！」

と、薄手のセーターにミニスカート姿の真由が、ライバルの少女を羽交い締めにして大介から遠ざけようとした。

「だって、身体がうずくコン！　大介さんにしてもらわないと、もう収まらないんですぅ！」

発情した静華は、普段の控えめな性格とは打って変わり、自己主張をしながら激しく抵抗する。

「もう！　そんなこと言って……言ってニャ……ああん……はぁ、はぁ……」

突然、真由が身体を震わせ、ヘナッと崩れ落ちるようにキツネ耳少女から手を離した。彼女の顔もサウナに入っているように赤くなり、呼吸が荒くなっている。

「はぁ、はぁ……ふみゃあああん、あたしまで大介が欲しくにゃっちゃったニャァン」

と、ネコの意識が強く出たとき特有の言葉遣いで、真由がとろけた顔で少年のことを見つめた。どうやら、彼女も発情した静華の性フェロモンにあてられてしまったらしい。

「大介さん、早く……来てください。わたしを、またいっぱい愛してほしいコン」

キツネ耳少女が、両手を前に出して大介を誘う。

極の違う磁石同士が引き寄せられるように、少年の目は艶やかさを増した静華と真由に釘づけになっていた。少女たちの姿を見ているだけで興奮してきて、ペニスに血液が集まりだす。やはり、二人から放たれている性フェロモンが、大介にも影響を与えているのかもしれない。

「もう！　大介は、あたしとエッチするニャ！」

突然、真由が脇から飛びついてきた。そして、少年の唇を強引に奪う。

「んっ。んちゅ、んちゅっ……」

（なっ……な、ななな……俺のファーストキスが……んむっ）

驚く大介をよそに、初キッスを奪った少女は舌を口内にねじこんできた。

「んろ、んろ……じゅぶ、じゅぶ……んむ、んむむ……」

彼女の舌が口蓋を這いまわり、少年の舌を絡め取ろうとする。その感触が、くすぐったさを伴いながらも、少年になんとも言えない心地よさをもたらす。

大介は、ネコ耳少女の積極的すぎる行動に、いつしかなすがままになっていた。

「ああん！　真由さん、ずるいコン！」

キツネ耳少女が抗議の声をあげ、真由のことを大介から無理矢理引き剝がす。

「大介さん、わたしとも……」

と、静華が少年の前に立って目を閉じ、唇を突きだした。

真由とのキスですっかり気分が昂《たかぶ》った少年は、自然に目の前の少女を抱き寄せると唇を重ねていた。

「んっ……ちゅっ、ちゅっ……」

穏やかな表情で、上級生の少女が吐息《といき》のような声をもらしながら、大介と軽いキスを交わす。発情しながらも、どこか控えめな彼女の態度が、いきなり舌を入れてきた真由とはまた違う魅力をかもしだしている気がする。

「ぷはっ。大介さん……その、オッパイを……揉んで、くれますか？」

唇を離すと、静華が恥ずかしそうに訴えてきた。

「い、いいの？」

「はい。いっぱい、してほしいんです」

「ちょっとぉ！　だったら、あたしもオッパイ揉んでニャ！　あたしだって、もう我慢できにゃいんだぞぉ！」

真由が、キツネ耳少女を押しのけるようにして大介に迫ってくる。

「わたしが先コン！」

「あたしが先だニャ！」

とうとう、二人の少女が大介の前で押し問答を繰りひろげはじめた。このままでは、ラチがあきそうにない。

（仕方がない。こうなったら……）

大介は両手を伸ばして、言い争う二人のふくらみを同時につかんだ。

「ふみゃあああん！　大介、いきにゃりすぎだニャア！」

「きゃいぃぃぃん！　オッパイ、感じちゃうコォン！」

真由と静華が、それぞれに甘い声をあげ、争いをやめる。

少年は手に力を入れると、衣服とブラジャーを挟んだ二人のふくらみの感触を同時に味わった。

「はみゅ～ん。大介の手、気持ちいいニャア～」

「くぅうん。大介さぁん、もっと触ってコォン」

と、少女たちがたちまち嬉しそうな喘ぎ声をあげる。さすがに発情しているだけあって、肉体の感度がかなり高まっているようだ。

（へぇ。こうしてみると、同じオッパイでもずいぶん違うんだな）

二人のバストを弄《いじ》りながら、大介はそんなことを考えていた。
バストが小振りな真由は、ブラジャーやセーターを挟んでいることを差し引いても
ふくらみがやや硬めだ。たとえるなら、まだ熟していない果実だろう。
一方、充分なふくらみのある静華の胸は、適度な柔らかさと弾力を兼ね備えていた。
ブラジャーや衣服越しでも、その感触がはっきりとわかる。こちらは、食べ頃に熟し
た果実と言えるだろうか。
とはいえ、熟したものばかりがいいとは限らない。未成熟ならではのよさもあるの
で、優劣はなんともつけがたい。
「ああん。我慢できにゃい！　じかに、じかに触ってぇ！」
真由がいったん身体を離し、そそくさとセーターとシャツを脱ぎ捨てると、ミニス
カートも床に落として白い下着をあらわにした。
「くうぅん。真由さんが脱ぐのなら……わ、わたしだって……」
静華も、ためらいがちにワンピースを脱ぎ、モジモジしながらもピンク地に花柄の
模様が入った下着姿をさらす。
ネコ耳少女がブラジャーを取り、パンティーだけの姿を大胆に曝《さら》けだした。ワンポ
イントの刺繍《ししゅう》が入った股間を隠す白い布地には、すでにうっすらとシミができている。
それを見た静華も、ギュッと目を閉じながらブラジャーをはずし、上半身裸になっ

た。しかし、彼女は恥ずかしそうにふくらみを片手で隠す。ただ、ブラジャーとお揃いのパンティーからは、興奮の証拠がうっすらと染みだしている。

二人が少年のほうを向き、並んで立った。

「だ、大介ぇ。あたしの身体、綺麗かニャ?」

「大介さぁん……やっぱり、ちょっと恥ずかしいコン……」

「……二人とも、とっても綺麗だ」

少女たちの問いに、自然に感想が大介の口をついて出る。

実際、真由からも静華からも異なる魅力がかもしだされている気がした。それに、美少女たちの裸を目の当たりにしていることにも、気持ちの昂《たかぶ》りを抑えきれない。

「じゃあ、二人ともそのまま座ってくれる?」

少年が言うと、真由と静華は素直にその場で正座をした。ただし、キツネ耳少女は相変わらず片手でバストを隠したままだ。

「静華さん、オッパイを見せてほしいな」

「キュウウン、恥ずかしいですぅ」

と消え入りそうな声で言いながらも、静華はようやく手をどかして、ふくよかなバストをあらわにする。

「ふみゃあ、静華しゃんのオッパイ、やっぱりおっきくていいニャア。あたしのオッパイ、ちっちゃいから……」

上級生のほうを見た真由が、なんとも羨ましそうな声をあげた。

静華は、「そんな……」と頬をいちだんと赤くしてうつ向いてしまう。

「真由だって、充分に可愛いぜ。このオッパイにだって、よさはあるんだからさ」とフォローするように言いながら、大介は再び二人の美少女のバストを同時につかんだ。

手のひらに、二つの乳房の異なる感触がひろがる。同時に、「ふみゃあん！」「きゅうぅん！」と、真由と静華が同時に甘い声をもらす。

少年は、それぞれのバストの感触を味わうように指に力をこめた。

「みゃうぅっ！　あんっ、だ、大介が、ああんっ、いいって言ってくれる……ふみゅう、にゃらぁ……あたし、ふにゃっ……オッパイ、このままでも……にゃぅうん、いいニャア！」

「キャイィイン！　大介さんの、あふぅんっ、ゆ、指がぁ……はうぅうん、気持ちいいコン！　わたし、オッパイが……くぅうんっ、とっても、あんっ、か、感じちゃいますぅ！」

手の動きに合わせて、二人の美少女が激しく喘ぐ。

（やっぱり、揉み応えは静華さんに分があるかなぁ）

両手で二つのふくらみを堪能《たんのう》しながら、大介はそんなことを思っていた。

とはいえ、真由に言った言葉もウソではない。小振りなバストの感触には、独特のよさを感じる。まして、子供のように真っ平らではなく、ふくらみとしての存在はあるのだから、これはこれで充分に魅力的だ。

揉みながら、ふと乳房に目をやった少年は、二人の乳首がすっかり屹立していることに気づいた。

ツンッと尖《とが》った乳頭を見ていると、本能的に吸いつきたい衝動に駆られる。

（いや、でも二人のどっちかを先にしたら、もう片方が可哀相だし）

と考えた大介は、指をそのままズラして二つの突起を同時につまんだ。

「にゃひぃぃっ！　だ、大介ぇっ！　そこ、ふみゃああっ！　ダメ、感じちゃうニャアンッ！」

「きゅはあああんっ！　乳首は……くうぅっ、そんな……キャイィン、クリクリしないでぇ！」

乳首を軽く弄《いじ》りまわしただけで、真由と静華が身をよじらせて甲高《かんだか》い声をあげる。

二人の美少女の淫らなハーモニーを聞いていると、大介の興奮もますます煽《あお》られていく。

「あっ、ああっ……はにゃあんっ！　ダメだニャア、あたし、あたしぃ！」

「キュイィン、大介さぁん！　わたし、もうどうかなっちゃうコォォン！」

少女たちは甘い声をあげながら、恥ずかしそうに身悶えをした。ただ、その動きは乳首からもたらされる快感を逃れようとするものとは、少し違ってきている気がする。

大介が二人の下半身に目を向けると、少女たちは太腿をもどかしそうにこすり合わせていた。よく見ると、先ほどはうっすら程度だった下着のシミが、すでにはっきりとにじみでている。

(なるほどね。そういうことか)

内心でほくそ笑んだ少年は、不意に乳首から指を離した。そうして、真由と静華が疑問の声をあげるよりも早く、二人の股間に指を差し入れる。

「はにゃああっ！　い、いきなりぃ！」

「きゃいいんっ！　あそこがぁぁっ！」

少年の突然の行動に、真由と静華が大きくおとがいを反らし、悲鳴のような声をあげた。

「二人とも、すごいや。すっかり濡らしちゃって」

下着の上から触れただけだというのに、少女たちのヴァギナが熱を帯びてしっとりと蜜を溢れさせているのがはっきりと感じられる。布地から染みだしてきた愛液が、見るみる少年の指の腹を湿らせていく。

大介は、布地をこすりつけるようにしながら指を動かした。

「きゃううっ！　あっ、あそこがぁっ！　くぅんっ、いいっ！　こすれて、ああっ、気持ちいいコォォン！」

「あひぃいいっ！　指がっ、グニグニってぇ！　はにゃああっ、オマ×コ、しびれるニャア！　ふみゃあああんっ！」

二人の美少女が、少年の指の動きに合わせて激しく鳴いた。それに併せて、下着のシミが見るみるひろがっていくのが、指に伝わってくる感触ではっきりとわかる。

「ああっ！　大介、欲しい！　オチ×ポ早く欲しいニャ！」

「大介さぁん。わたしも、もう我慢できないコォン！」

とうとう、真由と静華が同時に訴えてきた。

大介のほうも興奮がピークに達して、すぐにでも挿入したい気持ちになっていたので、ちょうどいい頃合いだろう。

「よし。それじゃあ、前のときは真由と先にしたから、今回は静華さんからな」

少年が言うと、真由が「そんにゃあ」と不満げな顔を見せた。静華のほうは、恥ずかしそうにうつ向きながらも、口もとをほころばせている。

ただ、むくれている幼なじみの顔を見ていると、さすがに少し可哀相になってきた。

「そうだ。じゃあ静華さんがあお向けに寝てよ。それで、真由が上にまたがって四つん這いになるんだ」

「あっ。はい」

と、キツネ耳少女が素直に床に横たわると、真由も大介の指示通りに彼女の上にまたがる。

「じゃあ……静華さん、挿《い》れるよ。痛かったら、言ってね」

声をかけて、少年は静華の秘裂に一物をあてがった。そして、肉棒の先端を少女の花園の奥に向けて、グイッと押しこむ。

「ふあああああっ！　は、入ってきたコォォォォン！」

途端に、静華が悦びに満ちた声をあげた。どうやら、もう痛みはまったく感じていないらしい。

奥までしっかり挿れると、膣壁がウネウネと蠢《うごめ》いてペニスに絡みついてきた。

「うあっ！　す、すごくいい……」

快感のあまり、大介は思わず声をもらしてしまった。

静華の膣内の感触は、まるでミミズなどの環形動物が無数に這いまわっているかのように蠢き、一物に恐ろしいほどの快感をもたらしてくれる。このままジッとしていても、射精に導かれてしまうのではないか、と思うほどの心地よさが肉棒全体から伝わってくる。

「ニャウ〜。大介、あたしにもぉ」

少年が静華の膣の感触に酔いしれていると、四つん這いの真由が不満そうに頬をふくらませて腰と尻尾を振った。

「あ、ああ。けど、二人いっぺんは難しいから、今はこれで勘弁《かんべん》な」

そう言うと、大介はネコ耳少女の尻尾を撫であげた。

「ふみゃあぁぁぁん。し、尻尾はダメって言ったのにぃ」

と、甘い声で抗議しつつ、少女の身体から力が抜ける。

その隙を狙って、少年は幼なじみの秘部に人差し指をねじこんだ。

「ニャヒイィィッ！　ゆ、指がぁ！　入ってきたニャア！」

真由が、大きくのけ反って悦びの声をあげる。

指を入れ終えると、大介はいったん息を吐いて、昂《たかぶ》りすぎた心を落ち着かせた。

(このましたら、すぐに出ちゃいそうだもんな)

もちろん、二人の発情は動物霊の本能によるものなので、精さえ出してしまえばいいのかもしれない。だが、どうせなら少女たちにも充分に感じてもらいたかった。そのためにも、あまりに早く暴発してしまっては情けないものがある。

一息つくと、大介は腰を動かしてキツネ耳少女のなかを、荒々しく突きはじめた。同時に、指で真由の膣もかきまわす。

「ああっ、あああっ！　きゅうぅんっ！　大介さんっ、いいコォン！」

「いいニャアッ！　ああんっ、指も気持ちいい！　ふみゃっ、大介ぇえっ！」

たちまち静華が甘く喘ぎ、真由も尻尾を振って悦びの鳴き声をあげる。

（なんとか、二人いっぺんに感じさせられたか）

狙い通りのことができたことに安堵《あんど》しつつ、大介はさらにピストン運動を強めた。

「はにゃあっ！　あたし、ち、力がぁ……」

よほど感じているのか、真由が腕を支えきれなくなって静華の上に崩れ落ちる。

「くうぅん、真由さぁぁん」

「し、静華しゃぁん……」

視線を絡ませ合った二人の美少女が、互いをトロンとした目で見つめ合い、唇を重ねた。

「んっ、んっ……んろ、んろ……」

「んちゅ、んちゅ……んふぅっ……」

声をもらしながらキスをする少女たちの唇の間から、ヌチュヌチュという粘ついた音が聞こえてくる。どうやら、また舌を絡めているらしい。

（す、スゲー。こんなことしてるのに、まだディープキスをして……うわあっ！）

快感を貪《むさぼ》る静華と真由の姿に驚いていた大介は、ペニスからの快感がいちだんと増したことに、思わず驚いて声をあげそうになった。

キツネ耳少女の膣肉の脈動が、いちだんと甘い脈動をはじめている。その熱と動きは、まるでピストン運動をつづける少年の肉棒を溶かして一体化してしまおうとしているかのようだ。

また真由の膣も、動かすのが難しいくらいに指をきつく締めつけてくる。

「ふはっ、ふみゃあっ、オマ×コいいニャ！　ああんっ、乳首もこすれるニャア！」

「きゅううんっ、これもいいコン！　はあああっ、すごくいいぃぃぃっ！」

唇を離した二人の少女が、さらに甲高《かんだか》い声をあげる。上体を密着させているために、大介が動くたびに互いの勃起した乳首がこすれているようだ。

「あっ、あっ、もう、もうあたし……ダメニャ！　イッちゃうニャァァ！」

「はうっ、ああんっ、わ、わたしも、もう……もうすぐ、来ちゃうコォン！」

真由と静華の口から、限界を訴える切羽《せっぱ》つまった声がこぼれでる。

大介のほうも、そろそろ我慢の限界が近づいていた。すでに、腰にこみあげたものはいつでも爆発しそうな気配である。

「静華さん、俺もそろそろ……抜くよ？」

「きゃああんっ、ダメぇ！　このままなかに……なかに出してくださいぃぃぃ！」

「で、でも……」

ためらいの声をもらす少年に対し、あお向けの静華が潤んだ目を向けた。

「ああっ、欲しいの！　ザーメンなかに欲しいコン！　はうっ、でないと、ああんっ、発情がぁ、くぅうんっ、収まらないのぉぉぉ！」

なるほど、確かにどうして動物に発情期があるのかを考えると、中出しをしなければならない理由もうなずける。

「わかったよ。じゃあ、なかに出すから！」

気持ちを切り替えて割りきった少年は、腰の動きを小刻みなものへと変化させた。

それに合わせるように、静華の膣肉が優しくもきつくペニスに絡みついてきて、摩擦を増やす。

極上の心地よさを感じながら、大介は最後の一突きとともに静華の子宮口に向けて思いきり精を注ぎこんだ。

「あっ、ああっ、ザーメンが……きゅひぃぃぃぃぃぃぃぃぃぃぃぃぃんっ!!」

白濁液を注ぎこまれた少女が、おとがいを反らして絶頂の声をあげる。

同時に、少年は指を真由の膣の奥に思いきり突っこんでいた。

「あひぃっ！　指っ……はみゃあああぁぁぁぁぁぁぁぁん！」

ネコ耳少女も甲高《かんだか》い悲鳴のような声をあげて、身体をピンッと強《こわ》ばらせる。

間もなく、射精が終わるのに合わせて、二人の少女の身体からも一気に力が抜けていった。

「ぜぇ、ぜぇ……真由、おまえもイッたのか?」

「はにゃ〜、イッちゃったニャア。でもぉ、ますますオマ×コうずいちゃったぞぉ」

なんとも間延びした声で、ネコ耳少女が大介の問いに答える。

やはり発情は、子宮に精液を受けないと収まらないらしい。

(疲れているけど、仕方がない。一気にやるしかないか)

そう考えた大介は、腰を引いて静華のなかからペニスを抜こうとした。

すると、キツネ耳少女が「んあっ」と残念そうな声をもらした。さらに、膣肉が竿にまとわりついてきて、新たな快感を生みだす。

もう一度、静華のなかでこの心地よさを味わいたい、という思いも湧いてくるが、どうにか我慢して分身を一気に抜き取る。

途端に、クチュッと音がして精と愛液の混合液がまとわりついた一物があらわになった。その姿を見ると、セックスの実感があらためて湧いてくる。

しかし、大介は余韻に浸る間もなくネコ耳少女のヒップを持ちあげて、ペニスを陰部にあてがった。

「あうぅん。大介のオチ×ポ、オマ×コに当たってるニャア。早く挿《い》れてぇ」

ヴァギナに先端部が触れただけで、真由が甘い声をもらす。いつもは勝ち気な少女の、こんな声を聞いているだけでも、大介のなかに新たな欲望がこみあげてくる。

少年は腰に力を入れて、幼なじみの膣口に亀頭を押しこんだ。

「ひゃうぅぅん！　入ってきたぁ！　やっぱり、指よりいいニャアァァ！」

真由が歓喜の声をあげて、大きく背を反らす。さらに、彼女の膣が大介の侵入を阻もうとするかのように、肉棒をきつく締めつけてきた。

初めてのときは意識している余裕もなかったが、連続して二人の膣を味わうとその感触の違いがよくわかる。

静華の膣肉は、ネットリと肉棒に吸いつくかのように包みこんでくる。さらに、一つひとつの襞が独立しているかのような蠢《うごめ》きが、動かなくてもとろけるような心地よさをもたらしてくれた。

一方、真由の膣は肉がペニスをキュッと締めつけてきて、内部がきつく感じるくらいだ。だが、潤滑油のおかげで動けないことはないし、ピストン運動をすると大きな摩擦が生まれて、なんとも言えない快感を得られる。

とにかく、どちらがいいということはなく、両方の感触がそれぞれに素晴らしいものだ。そんな二人を同時に抱くことができるのは、男冥利《おとこみょうり》に尽きると思う。

などと思いながら、大介は少しの間、幼なじみの内部を堪能《たんのう》した。

「ああ、大介ぇ。早く……早く動いてニャア。あたし、もう我慢できにゃいのぉ」

真由が腰を小さく揺すると、柔肉が少年の分身をさらに締めつけてくる。その感触に、大介もいよいよこらえきれなくなってきた。

「よし。じゃあ、するぞ」

と声をかけて、少年は奥を貫くようなピストン運動をはじめた。

「ふみゃあんっ！　すごっ……いいニャっ！　気持ちいい！」

途端に、真由がキツネ耳少女の上に再び倒れこんで、激しい喘ぎ声をあげる。

「くっ……んふぅ……くぅうん……」

真由を経由して少年の動きが伝わっているらしく、静華も小さな甘い声をもらす。

「あっ、そうだ。静華さん、真由のオッパイを舐めてやってよ」

大介が腰を動かしながらリクエストをすると、

「そんなことぉ……は、恥ずかしい……でも、大介さんが望むのならぁ」

と、少しためらう素振りを見せたものの、キツネ耳少女はすぐに素直に身体の位置を下にズラした。

「ちょっ……ああんっ、やめ……ふみゃあああっ！」

ネコ耳少女が抗議の声をあげようとしたが、少年が意識してペニスを奥に突き入れると、たちまち喘いで言葉が途切れてしまう。

その間に、一歳年上の少女が真由の小振りなバストに下から吸いついた。

「ちゅっ……ちゅば、ちゅば……レロ、レロ……」

「ふみぃぃ！　にゃめっ、乳首、感じすぎるニャアァァァン！」

静華が音を出しながら突起を吸い、舌で転がして刺激をすると、ネコ耳少女が甲高《かんだか》い鳴き声をあげた。

そのたびに膣肉がさらにきつく締まり、同時に妖しく律動してピストン運動中のペニスに新たな快感を送りこんでくる。

「ううっ。いいぞ、真由」

と言いながら、大介は少女の尻尾を撫であげた。

「そんっ……みゃあ！　はにゃああんっ、大介がぁ、いいにゃらぁぁ！　あんっ、あんっ、あたしも……ふみゃああっ！　もっとぉ、にゃめて……もっと、いっぱい触って、突いてニャアア！」

真由がとうとう愉悦の刺激に陥落し、さらなる快感を求めて声をあげる。

「んっ……あっ……んちゅ、んちゅ……んむぅぅぅ……」

静華のほうも、ネコ耳少女の乳首を舐めまわしながら、小さな喘ぎ声をこぼしはじめた。ふと目をやると、なんと彼女も精液と愛液にまみれた自分自身の股間を、恥ずかしそうに指でまさぐっている。

その快感のせいだろう、真由への愛撫が不規則になった。だが、それがかえってイレギュラーな心地よさを生みだし、大介にさらなる快感をもたらす。

もはや駆け引きをする余裕もなくなり、少年は夢中になってピストン運動をいちだんと強くした。

「ひゃあんっ！　ふみゃっ、ああっ！　あんっ、あんっ、もう……あたし、にゃひいいいいいん！」

「はっ、ああん……んちゅ、んちゅ……いいですぅ……レロ、レロ、わたしもぉ、また……またぁ！」

二人の少女は絶頂が間近らしく、切羽《せっぱ》つまった声をもらす。

大介のほうも、腰に早くもこみあげてきたものが、本日二度目のカウントダウンをはじめていた。もう、そう長くは保ちそうにない。

真由の膣内が、ヒクヒクと痙攣《けいれん》のような収縮運動をはじめて、ピストン運動も難しいくらいきつく竿全体を締めつけてくる。だが、そのぶんぬめった膣肉と一物との摩擦が増えて、快感がいちだんと増幅する。

その甘い摩擦に耐えきれず、大介は「くっ」と声をもらし、ネコ耳少女の膣内にスペルマをぶちまけた。

「あっ、ふみゃあああああぁぁぁぁん！　イッちゃうにゃあああぁぁぁぁぁぁぁ!!」

真由が絶頂の声をあげ、身体を大きくのけ反らせる。

「わ、わたしもっ……んきゅううぅぅぅぅぅん！」

ほぼ同時に、静華も再度の絶頂に達して身体を強《こわ》ばらせた。

全身を震わせながら、真由はスペルマをしっかり受けとめる。

やがて、硬直していたネコ耳少女の肉体から、フッと力が失われていった。

「はみゃあぁ……大介のセーエキ、いっぱいぃぃぃ……」

「はうぅぅん……気持ち、よかったですぅ……」

二人が口々に言って、エクスタシーの余韻に浸る。

（つ、疲れた……）

疲労困憊《ひろうこんぱい》した大介は、少女たちの体温を感じながら、遠くの寺から除夜の鐘の音が鳴るのを漠然と聞いていた。

3 ネコ耳ご奉仕

正月三が日も、真由たち三人は普段とほとんど変わらない生活をしていた。違ったことといえば、みんなでおせち料理を食べたことくらいである。

なにしろ、初詣《はつもうで》に行きたくとも、動物の耳と尻尾が生えていては人前に出ることなどできない。それに、大介も「一人だけ初詣に行くのも気が引けるから」と、友人たちの誘いを断って、二人の少女とともに動物たちの世話をしてくれている。

そんな幼なじみの少年の優しさが、真由はとても嬉しかった。

また、本来なら静華も巫女として初詣客で賑わう神社を手伝っていたはずだが、キツネ耳になっていては無理というものだ。

なんでも、宮司《ぐうじ》の静華の父親は娘の不在を問われると、修行で他の神社の手伝いに行かせている、と苦しい言いわけをしているらしい。さすがに本当のことは言えないから、仕方のないことだろうが。

真由にしても、両親や友人と正月を過ごせないのは少し残念だったが、そのぶん幼なじみの少年と一緒にいられるのだから、特に寂しさなどは感じていない。

また、三が日の最後の今日になって、真由の母が気を利《き》かせて料理や服や下着などを持ってきてくれた。そんな母親の気遣いに、感謝していたのだが……。

「……なに、これ？」

夜、母が持ってきてくれた荷物を整理していた真由は、思わず目を点にして絶句してしまった。少女の持ち物の服や下着に交じって、なぜか見慣れないものが入っていたのである。

黒に近い濃紺のフレアスカートの半袖ワンピース、それに赤いリボンと白いエプロンにヘッドドレス。

着てみなくても、これがメイド衣装のセットなのは一目瞭然《いちもくりようぜん》だ。ただ、「着たら写真を撮ってね☆　真由、ガンバ」と母の字で書かれたメモが添付されていたのは、いったいどういう意味だろうか？

「お母さん、なに考えてるのよ～」

真由は、呆れ果てて思わず頭を抱えた。

少女の母は楽天家というか、かなり脳天気な性格をしている。なにしろ、娘が突然ネコ耳少女になったときも、最初は驚いていたものの、すぐに「可愛い～」と抱きしめ、挙げ句「ずっとこのままでいましょう」などと恐ろしいことを平然と言ってのけたのだ。

普段はそれほどでもないものの、ときとして子供のような悪ノリをすることがあるのが、真由の感じる母の大きな欠点である。このメイド衣装も、彼女の悪癖の賜物《たまもの》なのだろう。

そのとき、少女はどうして母がこんなものを買ったのか思い当たった。

「ああ。前にテレビでメイド喫茶の特集を見ていて、『わたしもあんなのを着てみたいわ～』なんて言っていたっけ」

ただの冗談だと思っていたのだが、まさか本当にメイド服のセット一式を買っているとは思いもよらなかった。

「まったく、行動力があるって言うか、なにも考えていないって言うか……」

しかし、実際に着ているのを見たことはないので、さすがに実物を見てお蔵入りにしたらしい。とりあえず、母もギリギリの理性だけは持ち合わせていたようだ。

だが、どうして今、こんなものをわざわざ持ってきたのだろうか？

「……そういえば、あの番組で『ネコ耳メイドも人気がある』とか言っていたっけ」

メモから察するに、母もそのことを思いだし、娘がネコ耳になったのを幸いにメイド服を荷物に忍ばせておいたに違いない。そう考えれば、メモの意味もだいたい納得がいく。

「まったく、お母さんったら。あたしが、こんなのを着るはずが……」

と言いかけたものの、なぜかそれ以上は言葉がつづかなかった。

（……あたしがメイド服を着たら、大介もビックリするかな？）

メイド服を身にまとった自分を見て、幼なじみの少年がどんな反応を示すのか。それを想像すると、心臓がドキドキしてきて、なんとなく試してみたくなってくる。

「一度だけ……ちょっと、着てみちゃおうかなぁ？」

どうせ、今は部屋にいるのだし、試しに着ても大して恥ずかしくはないだろう。

好奇心に駆られた真由は、いそいそと服を脱いでメイド服のワンピースを着てみた。

ふんわりしたスカートのおかげで、尻尾も根元以外は窮屈ではない。

つづいて白いエプロンをして、胸もとにリボンを取りつける。

服を着終えた少女は、鏡の前に立ってネコ耳のやや前にヘッドドレスをつけた。

「……へぇ。意外と、悪くないかも」

鏡に映った自分の姿に、少女は思わず独りごちていた。

格好が格好なので、我《われ》ながら普段とは別人のような感じだが、予想していた以上に可愛らしく見える。

それに、こうしていると本当にこの家のメイドになったような気がする。しかし、決して不快な感情ではなく、むしろ嬉しく思えた。

もっとも、前から母親不在の茂野家の家事全般を担ってきたのだし、実際にメイドみたいな仕事をしてきたと言われれば、確かにその通りだが。

そこまで考えたとき、浮かれ気分だった真由はふと動きをとめた。

「だけど……あたしって、本当はなにをしたいんだろう?」

という疑問が、あらためて心に湧きあがってくる。

大介の世話をするのは、もちろん嬉しいし楽しい。だが、これだけが自分の夢なのだろうか?

(ううん。もっと別の形でも大介を手伝いたい。もっといろんなふうに、大介を支えてあげたい)

実は、真由の心にはそんな思いがずっと前から渦巻いていた。しかし、まだ具体的になにをしたいのかは見えていない。

大きなため息をつくと、少女はメイド服を脱ごうとヘッドドレスに手をかけた。が、その動きがピタリととまる。

「やっぱり……一度、大介に見てもらおうかな?」

この時間なら、すでに幼なじみの少年も自室に戻っているはずだ。今なら、キツネ耳少女に気づかれることなく、彼だけにメイド服姿を披露できるだろう。

(大介、どんな顔をするんだろう? 可愛いって、言ってくれるかな?)

という誘惑に駆られて、真由はコソッと廊下に出た。そうして、音をたてないように進んで、少年の部屋のドアをノックする。

すると、向こうから「はい?」と大介の声が聞こえてきた。

「大介、あたし。ちょっといいかな?」

「ああ。いいよ」

真由の問いかけに、少年は当たり前のようにOKを出す。

ドアノブに手をかけると、胸がドキドキしてきた。緊張のせいか、身体も妙に火照《ほて》ってくる。

昔から、掃除をしたり遊んだりするため、この部屋へは何度も入っている。そのはずなのに、肉体関係を持ってからというもの、足を踏み入れることに妙な緊張感を抱くようになってしまった。

（がんばれ、真由。せっかく、ここまで来たんだぞ）

自分自身に言い聞かせると、少女はドアを開けて大介の部屋に入る。

「なんだよ？　いったい、こんな時間になんの用……」

宿題でもしていたのか、机に向かっていた少年は、振り向くなり目を丸くして絶句した。

「だ、大介……どう……かな？」

「……どうって……い、いったいどうしたんだよ、その格好は？」

「えっと、そのぉ……さっき、お母さんが持ってきた荷物に入っていたのよ。せっかくだから、ちょっと着てみただけ。み、見せたくて着たんじゃないんだからねっ。変な誤解したら、ダメなんだぞっ！」

恥ずかしさがこみあげてきて、少女は思わず本音とは裏腹のことを口走っていた。大介を前にしたときの悪いクセだとわかっているが、肉体関係を持ってもこればかりはなかなか直らない。

もっとも、少年のほうは惚《ほう》けたように、ただただ真由のことを見つめているだけだ。

「も、もう！　なんか言いなさいよ！　似合う？　それとも、似合わない？」

さすがに、いささか恥ずかしくなって、少女は怒鳴るように問いかけた。すでに身体は熱く火照《ほて》り、大介の視線になんとも言えないムズがゆさを感じている。

「あ……えっと……スゲー似合ってる。似合いすぎて、ビックリした」

困惑の表情を浮かべながら、少年がギクシャクとうなずく。

その言葉を聞いた瞬間、真由のなかで喜びが弾けた。そして、思わず「嬉しいニャ！」と大介に飛びつく。

（にゃはっ。大介が、似合うって言ってくれたっ。本当に嬉しい！　身体が熱くて、なんだかエッチしたくなってきちゃったぁ……って、ええっ？）

自分のなかにいきなり湧きあがった欲望に、少女は心のなかで戸惑いの声をあげていた。先ほどからやや発情気味な気はしていたのだが、嬉しさのあまり感情のタガがはずれてしまったらしい。

だが、そうとわかっていても、本能にひとたび火がつくと大介を求める心がどうにも抑えられない。

「ああん。大介ぇ、エッチしてニャ。あたし、にゃんだかすごくエッチしたいぞぉ」

真由は、欲望の赴くままに訴えていた。

もちろん、我《われ》ながらとんでもないことを言っている、という自覚はあった。しかし、いったん発情してしまうと激しい性欲が思考のすべてを支配し、自分の意志ではどうにもコントロールできない。

目の前の少年が、やや狼狽《ろうばい》しながらも生唾を呑みこむ。

（ああっ、大介が興奮してる。あたしを見て、興奮してるんだぁ）

そう思っただけで、心の奥底から新たな悦びがこみあげてくる。

真由は欲望の赴くままに、自らの唇を少年の唇に押しつけていた。その突然の行為に、大介が「んんっ!?」と驚いたような声をあげる。

「んっ、んっ、んっ……ぷはっ。大介ぇ」

唇を離すと、真由は少年の手を取り、自分の胸にギュッと押し当てた。

（ふみゃあ。大介の手が、あたしのオッパイを触ってるよぉ）

彼の手の感触が、服とブラジャー越しにひろがっただけで、そこからなんとも言えない幸せな気分が湧いてくる。

「ちょっ……ま、真由?」

少女の積極性に戸惑っているのか、大介がうわずった声をあげる。

「いいニャ。大介、早く揉んで。あたしのオッパイ、いっぱい揉んでおっきくしてほしいニャア」

悦びで尻尾を振りながら、真由はそう口走っていた。

（ちょ、ちょっとぉ！　あたしったら、なに言ってるのよ?）

さすがに、少女自身も自分の言動に驚きを禁じ得なかった。

男性に揉まれると大きくなる、という信憑性《しんぴょうせい》の定かではない噂は耳にしたことがある。しかし、こんなことを本人を前に口走ってしまうなど、普通では考えられない。やはり、自分のなかにいる飼いネコの霊が発情した影響だろう。

そろそろ大介も性欲を抑えきれなくなったのか、手に力をこめて小振りなバストを軽くつぶすように揉みはじめた。それだけで、少女の脊髄《せきずい》に甘い刺激が駆け抜けていく。

「ふみゃああ。大介ぇ、もっとぉ……はにゅぅうん、もっとオッパイ揉んでニャア」

快感に流されて、真由はつい訴えていた。

大介も願いを聞き入れ、さらに荒々しくバストを揉みしだく。

「はにゃっ、いいっ！　んあああっ、それ、気持ちいいニャア！」

真由は、快楽の荒波に襲われて甲高《かんだか》い声で喘いだ。全身が汗をかくほどに熱く火照《ほて》り、股間も次第にうずきはじめている。布地が股にこびりつくような感触から考えて、おそらくすでに陰部から蜜が溢れていることだろう。

「真由、尻尾に触ってもいい？」

「ふみゅ～ん、いいニャア。いっぱい触ってニャ」

少女が許可を出すと、大介が尻尾を根元から撫でまわした。

「はにゃぁぁん、気持ちいいニャァァン」

人間から本来は失われているモノから、なんとも言えない甘い快感が押し寄せてくる。その感覚で、ただでさえうずいていた股間が、ますますもどかしくなってきた。

（あぁっ、早く大介が欲しい。大介のオチ×ポで、またあたしの奥をズンズンって激しく突いてほしい！）

という欲望が、少女の心を侵食していく。

「大介ぇ。してニャア。あたしに、早くオチ×ポちょうだぁい」

ついに、真由は本能の赴くままに少年を求めた。

だが、大介のほうはなにやら思いついたらしく、口もとに意味ありげな笑みを浮かべて身体を離した。

「なぁ、真由。せっかくメイド服を着てるんだから、もうちょっとメイドっぽくしてくれないかな？」

「ふみゃ？　メイドっぽくって？」

少年の意図を理解できず、真由は首をかしげる。

「ほら。メイドだったら、俺のことを『ご主人さま』って呼ぶとか、自分からそうやっておねだりするんじゃなくて、俺の命令に従うとか」

「なっ……ば、バカ言わにゃいでよ！　にゃんで、あたしがそんにゃこと……」

思わず反論すると、大介がそっぽを向いた。

「ふ〜ん、しないんだ。じゃあ、俺も真由とエッチするのや〜めたっと」

と言いながらも、少年の口もとはほころんでいる。彼の言葉が本気ではなく、駆け引きなのは明らかだ。

普段なら、ひっぱたくか殴るかして、調子づいた少年を黙らせることもできるだろう。しかし、今の真由には彼をどうこうしよう、という思考力はなかった。それに、大介とセックスができないかもしれないと思うだけで、胸が張り裂けそうなくらいつらくなってしまう。

「そ、そんにゃ……大介ぇ、変にゃこと言わにゃいで、エッチしてよぉ」

「だったら、『ご主人さま』って呼んでみな」

からかうように、大介が畳みかけてくる。

「………………」

ネコ耳少女は、反撃の言葉もなく沈黙するしかなかった。

できることなら、意地でも拒絶したいところだが、これ以上拒みつづけたら少年は本当にエッチをやめてしまうかもしれない。もしそうなったら、いったいどうすればいいのだろう？　発情した肉体のうずきがオナニーで収まらないのは、すでにわかっている。

また、大介もズボンの上からでもはっきりわかるくらい、股間を大きくふくらませていた。この興奮が、なにもせずに収まるとは思えない。だとすると、考えられる彼の行き先は一つ。

(また、静華さんと大介が……そんなの、絶対にイヤぁ!)

少女は、脳裏に浮かんだイメージをあわてて振り払った。

二度も3Pをしているとはいえ、少年との関係に上級生のキツネ耳少女が絡んでいることは、真由にとって大きな不満だった。

(大介には、あたしだけを見ていてほしい。あたしだけを、愛してほしいのに……)

そんな独占欲が、あらためて湧きあがってくる。今が願いを叶えるチャンスなのだから、この瞬間だけでも大介を独り占めしたい。

だとすれば、少女に選択の余地はなかった。

「わ、わかったわよ。大介……じゃにゃくて、えっと、そのぉ……ご、ご主人さまぁ。ふみゃあ、やっぱり恥ずかしいニャ!」

気の強い少女にとって、いつも負かしている相手を「ご主人さま」と呼ぶことは、なんとも屈辱的だった。しかし、その言葉を口にしたのと同時に、なぜか身体の火照《ほて》りがいちだんと増す。

「う~ん、いいなぁ。真由、もう一回言ってよ」

妙に嬉しそうに、大介がリクエストをしてくる。

「もう……ご主人……さま。これでいい？」

こんなやり取りをしている間にも、少女の身体のうずきはさらに強まっていく。

ところが、少年はなぜか不満げな顔を見せた。

「ん～。な～んか、イマイチかなぁ。あっ、そうか。言葉遣いが、メイドっぽくないんだよ」

「まったく、いちいちうるさいニャア。大介が、そんにゃにメイド好きだったにゃんて、思わにゃかったぞぉ」

真由が文句を言うと、少年が軽く肩をすくめた。

「いやいや。メイドさんに萌えるのは、俺に限ったことじゃないと思うんだけどね」

その態度に少しムッとしたが、とにかくこの肉体の火照りと本能の昂《たかぶ》りを抑えるには、大介に抱いてもらわなくてはならない。でないと、頭がおかしくなってしまいそうだ。

(とにかく、今は大介に従うしかないわ)

朦朧《もうろう》としはじめた頭で、真由はそう結論を出し、あらためて口を開くことにした。

「わ、わかったわよぉ。ご主人さま……その、真由を抱いて……くださいニャ」

恥ずかしさを我慢しながらどうにか言うと、少年は大きくうなずいた。

「よし。だけど、まずはメイドらしくご奉仕をしてもらおうかな？」

「ご奉仕って……にゃにをするニャ？」

「前みたいに、チ×ポを舐めるんだよ。オマ×コに挿《い》れてほしいんなら、チ×ポに奉仕するのが礼儀ってもんだろう」

「えっ……そんにゃこと……」

と言葉を失いながらも、真由の脳裏にはフェラチオをしたときのことが反射的に甦《よみがえ》っていた。

（ああ、大介のオチ×ポ……）

ペニスの感触や味が、つい今し方のことのように思いだされる。それだけで胸の鼓動が高鳴り、彼の股間から目が離せなくなってしまう。

「したい……あたし、フェラチオするぅ！」

湧きあがる欲望の赴くまま、真由は少年の股間にしがみつこうとした。

ところが、大介はスッと移動して、少女から離れた。

「ま～だ、わかってないみたいだなぁ。真由、今のおまえはメイドなんだぞ。ご主人さまにご奉仕するにも、作法ってものがあるだろう？　それができないんなら、フェラもエッチも禁止だぞ」

そう言われて、真由は「くっ……」と唇を噛んだ。

少年がちょっと調子に乗っているのは、充分すぎるくらいわかっている。だが、発情した今の状態では、彼の態度をどうこう言う余裕などない。

「ご、ご主人さま……その……オチ×ポに、あたしのお口でご奉仕させて……く、くださいニャ」

生まれてこの方、これほどの屈辱を味わったことなどないのではないか、というほどの恥ずかしさを感じながら、真由は屈服の言葉を口にしていた。

それを聞いて、大介がようやく椅子に腰をおろす。

「よし、じゃあしてもらおうかな」

彼の言葉を聞いた瞬間、真由のなかで羞恥心もなにもかもが吹き飛んだ。

「ああっ！　はいっ！　いただきますニャ！」

そう言って、少女は勢いよく大介の股間に顔を近づけ、ファスナーを開けて一物をズボンの奥から取りだした。予想通り、彼の一物はすでに充分なくらい勃起しており、外に出た途端に天を向いてそそり勃《た》つ。

その姿を目にしただけで、悦びが真由の全身を駆けめぐった。

（大介のオチ×ポ！　欲しいのぉ！）

湧きあがる欲望の赴くままに、発情した少女は肉棒を迷うことなく口に深々と呑みこんだ。

ペニスの青臭い匂いが、口内から鼻へと抜けていく。しかし、今はその香りすらも、股間のうずきをいちだんと大きくするエッセンスにすぎない。

「んっ……んぐ、んぐ、んぐ……んちゅ、んちゅ……」

顔を動かし、口全体で少年の分身を刺激してみる。

「くっ。うう……真由、いいぞ」

大介が反応して、気持ちよさそうな声をあげた。

彼に褒《ほ》められると、それだけで新たな悦びがこみあげて、愛撫にも自然に熱がこもる。そうして一物への愛撫をつづけているうちに、少女はペニスのことしか目に入らなくなっていた。

（大介のセーエキを飲みたい！　ちょっと苦いけど、オマ×コがキュンキュンするあの味……また、いっぱい飲みたいのぉ！）

そんな思いに支配されて、真由はいったんペニスを口から出して、竿の裏の筋を舐めあげた。それから、先端部を舌先でチロチロと舐めまわし、割れ目を舐める。

「くうっ……ま、真由！　それ、すごくいいぞ！」

大介が少し苦しそうな、しかし気持ちよさそうな声をもらす。

その声を聞くだけで、真由は幸せのあまり達してしまいそうな錯覚に陥る。

（ああ、大介が喜んでいるのを見ると、あたしも嬉しくて……ご奉仕って、こんなに

気持ちがいいことなんだぁ）

そう思いながら、再びペニスを口に含もうとしたとき。

「真由、いったんストップだ。俺も、おまえにしてやるよ」

と、大介が声をかけて少女を引き剝がした。しかし、真由には彼の意図がわからず、

「ふえ？」と首をかしげてしまう。

「ベッドに、あお向けに寝転がるんだ。ほら、早く」

「う、うん……」

フェラチオを中断させられたことに少し無念さを感じつつ、真由は挿入してもらえるのかも、という期待を胸に、素直に少年の言葉に従う。

ところが、大介は少女の顔のあたりに、またがってきた。そうして、彼が四つん這いになると、ペニスがちょうど真由の目の前に来る。これを目にしただけで、股間がキュンッと音をたててうずく。

大介がメイド服のスカートをめくって、淡いピンクのレースの下着をあらわにした。

「もう、ここもグショグショじゃん。俺のチ×ポに奉仕していて、そんなに感じていたのか？」

意地悪なことを言われて、少女のなかに恥ずかしさがこみあげてくる。

「そ、そんにゃ……えっと、発情したせいニャ。だから、我慢できにゃいんだニャ」

真由は、ついつい言いわけをしていた。もっとも、まるっきりウソではないのだが。

「ふ〜ん。まぁ、いいや。じゃあ、どんなもんかじっくり見てやるよ」

と、大介がピンクの布地をかき分け、秘裂をマジマジと眺める。

（ああん……オマ×コに、大介の視線を感じるぅ！）

そう思うだけで、子宮のあたりがいちだんとムズいてしまう。

「真由、新しい愛液が溢れてきたぜ。舐めてやるよ」

と言うなり、少年が割れ目に舌を這わせてきた。

「ふみゃあああんっ！　舌ぁ、いいニャア！」

突然もたらされた快感に、少女は思わず甘い声をあげていた。

「ほら、真由も俺のチ×ポに奉仕するんだ。ちゃんと、あらためて挨拶《あいさつ》してな」

「は、はいぃ……はにゃああんっ、ご主人さまのオチ×ポにぃ……ああっ、ご奉仕させていただきますニャア。はむっ」

真由は少年の腰を抱き寄せると、あお向けのままペニスを再び咥《くわ》えこんだ。

「んっ……んっ……んぐ、んぐ、んぐ……ちゅば、ちゅば……」

声をもらしながら、少女は夢中になって顔を動かした。ベッドに寝ていると、いささか顔を動かしにくいものの、今はとにかく少年の分身を口で堪能《たんのう》していたい。

大介のほうも、ヴァギナを舐めつづけ、少女に快感を与えてくれた。

（いいっ！　オチ×ポの感触、それに匂い、とっても素敵ぃ！　それに、オマ×コも気持ちよくて……すごいよぉ！）

ペニスを味わいながら下半身を愛撫されていると、頭が真っ白になってなにも考えられなくなっていく。

不意に、少年が割れ目を指で割り開いて、肉襞を舐めはじめた。

「ぷあああっ！　そ、それぇ！　よすぎるよぉぉぉ！」

突然訪れた強烈な快感に、真由は思わずペニスから口を離して喘いでしまう。

「ほら、ちゃんと奉仕をつづけろよ。おまえはメイドのくせに、ご主人さまを満足させられないのか？」

大介が、口を離して文句を言ってきた。どうも、彼はこのプレイにすっかりハマっているらしい。

「は、はいぃぃ。ゴメンにゃさぁい」

素直に謝ると、少女はあらためて一物を口に含んで奉仕を再開した。

「んっ、よし。じゃあ、俺もしてやるよ。ペロ、ペロ……」

と、少年のほうも再び陰唇に舌を這わせる。

慣れてくると、顔を大きく動かさなくても、ペニスを刺激する方法がいろいろあることが真由にもわかってきた。手で竿をしごいたり、舌で口内のシャフトを弄《いじ》ったりすることで、一物が敏感に反応し、彼が充分に快感を得ていることが感じられる。

そうしているうちに、大介が「ううっ」と気持ちよさそうな声をあげ、いきなり少女のクリトリスを舐めはじめた。

「むぐぅぅぅっ！」

全身を貫くような強烈な快感に、真由は思わずくぐもった声をあげていた。だが、今度はペニスを口から出すことはしない。

いや、もう口から出すことができなかった。すでに少年の勃起は限界を訴えるようにヒクつき、腰にも力がこもっていて、顔を自由に動かせなくなっている。

クリトリスを舐める大介の体が、いきなりピンッと強《こわ》ばった。その瞬間、亀頭の先端から大量の精が飛びだし、見るみる少女の口内を満たしていく。

（すごいぃぃぃぃ！　いっぱい……あ、頭が……はうぅぅぅぅぅん！）

精の勢いに驚いた瞬間、真由のなかでもなにかが弾け、全身に力がこもって自然にヒクヒクと震えた。

自分が絶頂に達したことはわかったが、スペルマが口を満たしているため、声を出すことは叶わない。

口内に、精液の粘ついた感触と栗の花のような匂いがひろがる。だが、妙な感じはするものの、それほど不快に思わないのは、自分もエクスタシーを味わったからだろうか。

熱い白濁液が、重力に従って喉の奥へと自然に流れこんでくる。吐きだしたかったが、この体勢では無理なので、真由は「んっ、んっ……」と声をあげながら少しずつ精を処理していった。

こうして呑んでいると、本来なら変な味としか思えないものがおいしく感じられるのが、なんとも不思議な気がする。

少女がほぼ精を呑み終えたところで、大介がようやく上からどいて口が解放された。

「ふはあぁぁ……はぁ、はぁ……」

絶頂の直後に精を強引に喉の奥へと流しこまれ、さすがに呼吸が乱れて、落ち着くまでに少し時間を必要とした。

(はうぅぅ……気持ちよかったぁ。けど、やっぱりオマ×コのうずきがとまらにゃいよぉ)

やはり、膣にしっかりとスペルマを受けないと、発情は収まらないらしい。

愛欲に支配された少女は、寝返りを打つように身体を回転させると、膝を立ててヒップを持ちあげた。

「ご主人さまぁ。早く、オチ×ポを挿《い》れてくださいニャア」

と言いながら、ヒップを左右に振る。尻尾も立てて自分の欲求の強さを伝えているため、スカートがめくれあがってしまうが、それすらも気にならない。

「そんなにしたいのか？　真由は、エッチなメイドなんだな」

と言いながら、大介はズボンとパンツを脱ぐと、少女の足もとにしゃがんだ。

そして、淡いピンクのレースの下着を引きさげて、秘貝を剝き出しにする。

「ああっ、早くぅ！　早く挿《い》れてニャア！」

高まる期待に胸を躍らせて、真由は甘い声をあげながら尻尾を振っていた。

ところが、大介が割れ目にあてがったのは、ペニスではなく指だった。少年は筋を指の先でなぞるようにして、動かしはじめる。

「あっ、ふみゃああん！　はうぅん、あああっ……にゃはぁぁん！」

敏感になった部位を撫でられるたび、身体に甘美な快感が駆け抜ける。しかし、今の少女が欲しいのは指ではない。

「うみゃあん！　指じゃにゃいのぉ！」

もどかしさのあまり、真由は思わず腰を大きく動かした。途端に、大介が「いっ」と声をあげて指を離す。

目を向けると、少年は右手の人差し指を押さえて、顔をかすかにゆがめていた。

「ふみゃ？　ど、どうしたのニャ？」

「急に腰を大きく動かしたから、指を挟まれちゃったよ。まったく、ご主人さまに痛い思いをさせるなんて、おまえはメイド失格だなぁ」

言葉ほど怒っているようには見えないが、興奮状態の少女には彼の言葉が鋭い刃《やいば》のように胸に突き刺さった。

(あぁっ。大介が怒って、エッチをやめちゃったらどうしよう？)

という不安が、真由の心のなかに真夏の入道雲のようにムクムクと湧きあがる。今の少女にとって、それはこの世の終わりに匹敵する絶望的なことに思えてならない。

そんな気持ちが表情に出てしまったのか、大介が急にニヤリと笑った。

「なぁ。許してほしかったら、『あたしは、ドジでエッチな雌ネコメイドです。チ×ポでオマ×コにお仕置きしてください』って言ってみろよ。そうしたら、チ×ポをくれてやるよ」

「えっ。そ、そんにゃこと……」

興奮状態にある真由も、さすがに少年の要求には戸惑いを隠せなかった。

もちろん謝罪の意味もあるし、充分に昂《たかぶ》っているので、多少の無茶な要求には応じる覚悟もあった。しかし、大介が出した条件は少女の予想を超えている。

(そんな恥ずかしいこと、言えるはずがないじゃない。でも、大介にエッチしてもらわないと、あたしおかしくなっちゃうよぉ)

と、プライドと欲望が真由の脳内で鍔迫《つばぜ》り合いを演じる。

だが、いくら少女の理性が抵抗しても、生物の根源的な欲求の一つには抗《あらが》いきれるものではない。

とうとう、真由はいったん唇を噛みしめてから、新たな屈服の言葉を口にする決意を固めた。

「わ、わかったニャ。あたしは、その……ドジでエッチにゃ……め、雌ネコメイドです。だから、ご主人さまのオチ×ポでいっぱい、お仕置き……してくださいニャ」

「ふふっ、いいだろう。だけど、どこにお仕置きしてほしいか、言ってないな。こっちでいいのか？」

そう言うと、大介が一物をヒップの割れ目にあてがい、裏筋をこすりつけてきた。

「はみゅううんっ、ち、違いますニャ！　そこはウンチするとこニャア！　ふみゃああんっ！」

思いがけないところから、とろけそうな快感がもたらされて、真由は抗議しながらも甘い声をあげてしまう。

そのことに大介も気づいたらしく、

「真由、いやがってるわりに気持ちよさそうじゃん。そういえば、アナルセックスっていうのもあるんだよな。やってみるか？」

と面白そうに言いながら、軽く腰を動かす。

少女は、もたらされた快感のせいで一瞬うなずきそうになったが、どうにか理性を総動員してこらえた。

本当にアナルセックスなどして、もしも普通のセックスと同じか、それ以上に感じてしまったら、正常な道に戻れなくなってしまうのではないか。

そんな不安が、真由の心をよぎっていた。

「ふみゅう。イ、イヤだニャ、お尻でにゃんて……ああんっ。お願いだから、オマ×コ……オマ×コに、オチ×ポを挿《い》れてくださいニャアン！」

「じゃあ、もう一度最初から言ってみな」

まだ恥ずかしさはあったが、焦らされているせいで挿入への欲求はさらに強まっている。これ以上、妙な駆け引きをつづけられたら、頭が変になってしまいそうだ。

「……あ、あたしはドジでエッチにゃ、雌ネコメイドです……ご主人さまのたくましいオチ×ポさまで、あたしのいやらしいオマ×コにいっぱいお仕置き、してくださいニャア。ああっ、早くぅ！　もう、オマ×コがうずいて我慢できにゃいぃぃ！」

ついに真由は、恥も外聞もかなぐり捨てて、少年の望んだ言葉を素直に口にした。

「よしよし。よく言えたな。それじゃあ、望み通りにしてやるよ」

と言うと、ようやく大介がペニスを花園にあてがった。そして、少女の腰をつかんで挿入を開始する。

肉壁を割り開かれるような感触とともに、熱い一物が身体のなかに入ってきた。

「き、きたぁ！　やっと……太くて硬いオチ×ポさま、あたしのにゃかに入ってくるのが、ああんっ、わかりますニャアア！」

挿入感に合わせて、少女の口から思わず悦びの声がこぼれでてしまう。

大介は竿の根元までしっかり挿《い》れて、いったん少女とピッタリ密着した。

なかに入ってきた肉棒の感触と、ヒップに当たる少年の下腹部の感触が、真由になんとも言えない悦楽をもたらしてくれる。

大介は深呼吸をすると、少女のウエストを両手でつかんで、大きなピストン運動をはじめた。

「あんっ、あんっ、はにゃぁん！　いいっ、気持ちいいっ！　みゃうぅっ、あっ、あっ、大介ぇ！　ご主人しゃまぁぁぁ！」

少年が動くたび、身体の内側から鮮烈な快感が発生し、背筋から脳天まで突き抜けていく。さすがに、もう破瓜《はか》のときのような痛みはまったく感じず、もたらされるのはただただ幸せな快楽だけだ。それに、動物霊に取り憑《つ》かれているせいか、やはりバックからされると安心できる。

大介は上体を倒し、メイド服の上からバストをわしづかみにした。そうして、小振りな乳房を揉みしだきながら、さらに荒々しく腰を動かす。

「こ、これぇ！　はみゃっ、オッパイィ！　オマ×コ、気持ちいいニャ！　ああんっ、ご主人しゃまっ、す、すごすぎニャアァ！」

愉悦の荒波に呑まれて激しく喘いでいると、大介が手と腰を動かしながら耳もとに口を近づけてきた。

「こら、真由。あんまり大きい声を出すと、静華さんが起きちゃうぞ」

「ふみゃあ！　いいもぉん！　ああんっ、静華しゃんににゃら、にゃはああんっ、見られたっていいニャア！」

真由は快感に流されながら、そう答えていた。

もちろん、いくら3Pをしている仲とはいえ、こんな痴態を静華に見られるのは恥ずかしい。だが、自分と大介が二人だけで愛し合っているところをキツネ耳少女に見せつけてやりたい、自分たちの仲を思い知らせたい、という思いのほうが羞恥心より先に立っている。

「大介、ああんっ、ご主人しゃまっ！　あんっ、あんっ、いいニャ！　ふみゃっ、にゃんっ、にゃああんっ！　あたし、感じてるニャア！」

快感を口にしながら、真由は自らも腰を振り、さらなる快楽へと溺れていく。

やがて、少女が子宮のあたりに発生した熱が爆発するような気配を感じはじめたとき、胸を揉みながらピストン運動をしていた大介が、「くっ」と声をもらした。

「真由。俺、そろそろ……」

その言葉がなにを意味しているか、今の真由には充分にわかっている。

「ふみゃあ！　ご主人しゃまっ、あたしも……ああんっ、あたしも来そうにゃの……一緒に、一緒にぃぃぃ！」

すでに、少女も限界に達しつつあった。快楽のマグマは火口付近までこみあげ、爆発の瞬間を今か今かと待っている。

「ううっ。イクぞ、真由！」

と言うなり、少年の分身が膣内で弾けて、熱い精液が真由の身体の内側を満たした。

「ああああっ、出てるっ！　あっ、ふみゃあああああぁぁぁぁぁぁあんっ!!」

射精を感じた瞬間、少女にも空の彼方《かなた》まで飛んでいきそうな絶頂感が襲いかかった。

頭が真っ白になり、自然におとがいを反らして全身が強《こわ》ばってしまう。

（すごぉぉぉぉい！　大介のセーエキ、あたしのなかでいっぱいだよぉ！　あたし、妊娠しちゃいそう……でも、いいの。大介の子なら、あたしいっぱい産みたい……）

朦朧《もうろう》とした意識のなかで、真由はそんなことを思っていた。

やがて、射精の終わりとともに、心身の昂《たかぶ》りもようやく収まってきた。同時に、自分がなにをしていたのかを考える力も取り戻す。

「あっ……あたしっ！　ななななな……なんてことを!?」

急激に恥ずかしくなって、真由はあわてて前に這いでた。ペニスが抜けていく感触が、いささかもったいない気はしたものの、とにかく今は少年から離れたい。

ヌチュッと音をたてて抜け、スペルマと愛液にまみれた一物が現われる。

それを見ると、心臓が一瞬大きく跳ね、大介と愛し合っていたときの快感や思考が甦《よみがえ》る。

（こ、子供なんてダメだぞ。あたしたち、まだ学生なんだし……）

思わず胸を押さえると、少女の焦りを反映するように、心臓が高速のビートを奏でていた。どうして、あんなことを平然と考えてしまったのだろうという疑問が、今さらながらに脳裏をよぎる。

（あっ。もしかして、発情したミーシャの心が、あたしの心と混じって……）

おそらく、この予想は正しいはずだ。動物の種族維持本能と自分の大介への思いが一つになったことが、性的な興奮と相まって子供を望む考えに結びついたのだろう。

「真由、大丈夫か？　まさか、まだ発情が収まってないとか？」

大介から心配そうに声をかけられて、少女は我《われ》にかえった。

とんでもないことを考えていたせいか、気がつくと耳まで熱く火照《ほて》っていた。どうやら、発情したときのように顔が赤くなっているため、少年は勘違いしているらしい。

「あああああ……あの、大介っ！　こ、これはその……あ、あたし、違うから！　えっと、もう、平気……だから、い、今の……このことは忘れて！」

と言いながら、少女はあわてて衣装を整えた。もっとも、泡を食ってしまい、自分でもなにを言っているのかよくわからない。

とにかく、メイド服姿で死ぬほど恥ずかしいプレイに興じていたのは、できればなかったことにしたい。

「ん～。俺は忘れたくないなぁ。真由が俺を『ご主人さま』なんて呼ぶこと、もう二度とないかもしれないし。しっかし、面白かったなぁ」

少女の気持ちを知ってか知らずか、大介がからかうように言ってケタケタと笑う。

途端に、腹の奥底から恥辱と屈辱の思いがこみあげてきて、こめかみのあたりでなにかがブチッと切れる音がした。

「大介の……ヴァカあああああぁぁぁぁぁぁっ!!」

激情に支配された真由は、顔を引きつらせた少年に向け、思いきり腕を振りあげた。

4 お祓い

茂野動物病院には、猫舎と犬舎の他に小動物たちを入院させる施設がある。現在もここには、引き取り手のいないウサギやハムスターなどの小動物が数匹入院していた。

「じゃあ、今日はあたしがこっちを見るから」

猫舎の世話を終えたナース服姿の真由が、そう少年たちに声をかけ、小動物たちの世話をしに向かう。

ネコや犬たちと違って、ウサギなどの多くは病気や怪我ではなく、飼い主に捨てられるなどして保護されたケースが多かった。そのため、しばしばケージの外に出して運動させてやらないと、逆に病気になりかねない。

今日は、これからウサギのラビ太を二十畳ほどの広さのある運動部屋で、しばらく遊ばせてやることになっていた。ただ、この作業は一人でもできることなので、大介と静華は犬たちのブラッシングに専念している。

犬の毛並みを整えているキツネ耳少女は、目を輝かせて本当に楽しそうに見えた。やはり彼女は、トリミングにとても興味を惹《ひ》かれているらしい。

(静華さんって、動物のトリマーになりたいのかな?)

などと思いながら、大介がポメラニアンのフーバーにブラシをかけていると……。

「ふみゃあああっ!」

いきなり、真由の素《す》っ頓狂《とんきょう》な悲鳴がして、少年は驚きのあまり犬の肌にブラシを突き刺しそうになった。つづいて、なにかが壁にぶつかるような、派手な物音も聞こえてくる。

「な、なんだぁ⁉　静華さん、フーバーをケージに戻しておいて」

キツネ耳少女にポメラニアンを押しつけて、大介は小動物たちを入れている部屋に向かった。

「おい、真由？　いったい、どうし……」

と、声をかけながら室内に入った少年は、驚きのあまり立ちつくしてしまった。

ネコ耳少女は、左右に並んだケージの前の床で、目をまわしてあお向けに倒れている。その上には、白ウサギのラビ太が乗っかっていた。

ただ、ラビ太は全身の毛を逆立て、少女に対して異様な敵意を剝きだしにしていて、明らかに様子がおかしい。

これが初日だったりしたら、ネコ科の霊に取り憑《つ》かれた少女への警戒心からそうなったとも考えられる。だが、すでに真由や静華が何度も世話をしているのだから、今さらこれほど敵意をあらわにするはずがない。

大介が「ラビ太？」と呼ぶと、ウサギが今度は少年のほうを見て「キーッ」と威嚇《いかく》するような声をあげた。

今まで、ラビ太がこれほど敵対的な態度を見せたことはなかった。むしろ、こんなに警戒心がなくていいのかと心配になるくらい、人懐っこい性格をしている。

すると、そこに静華がやって来て、異様な様子のウサギを見るなり顔を強《こわ》ばらせた。

「こ、これって、まさか……」

「なに？　どうしたの？」

大介が聞くと、キツネ耳少女は深刻そうな面持ちで口を開いた。

「あの……ラビ太くん、キツネ憑《つ》きになっているコン」

「キツネ憑き？　って、静華さんや真由みたいな？」

「いえ。似たような憑依《ひょうい》現象ですけど、ちょっと違って……」

静華が説明をしようとしたとき、真由の上にいたウサギが、いきなり二人に向かってきた。

白ウサギが、ナース服姿の少女の顔面に向かってジャンプする。どうやら、キツネ耳に食いつこうとしているらしい。

静華が驚き、「きゃっ」と悲鳴をあげて尻もちをつく。だが、おかげでラビ太の狙いが逸《そ》れる。

ウサギは着地すると、そのまま部屋から逃げだした。

「静華さん、大丈夫？」

と手を差しのべると、キツネ耳少女が恥ずかしそうに大介の手を取って立ちあがる。

「は、はい。なんとか……」

「いったい、なにがどうなっているんだい？」

その問いに、静華があらためて真剣な表情を見せた。

「キツネ憑きは、わたしにコンちゃんが憑依したのと同じように、動物霊が他の生き物に取り憑くことなんですけど……コンちゃんの話では、憑依の条件を満たしていないのに無理をして取り憑くと錯乱して、今のラビ太くんのように凶暴化してしまうらしいんです」

憑依は、つまり一つの肉体に二つの魂が入ることである。そんなことになれば、錯乱するのも当然と言えるだろう。むしろ、動物霊と魂が一体になっているような二人の少女のほうが、珍しいケースなのだ。

「それにしても、どうしてラビ太がこんなことに？」

「おそらく、わたしと真由さんがいるから、他の霊を引き寄せやすかったんでしょうね」

なるほど、動物霊が憑依した人間が二人もいれば、他の霊たちが集まってくるのも納得がいく。

ただ、いくら動物霊が集まっても、憑依が必ずできるというものではないらしい。それが可能なのは、コンとミーシャのように一定の条件を満たして儀式をした場合、あるいは心身の相性がよほどいい場合に限られている。今回、ラビ太がキツネ憑きになったのは、彼と波長の合う動物霊がたまたまやって来てしまったせいのようだ。

「家のまわりにお札を貼って、霊たちが近づかないようにしておけばよかったですね。ごめんなさい」

と、静華が深々と頭をさげる。

「いや、静華さんのせいじゃないよ。それより、ラビ太をどうにかしないと。鍵をかけてあるから外に出ることはないだろうけど、このままにはしておけないだろう?」

そう言って、大介は気絶しているネコ耳少女を抱き起こした。

真由は、「ふみゅ～」と情けない声をあげて目をまわしている。しかし、外傷もないようだし、特に心配することはなさそうだ。

安堵《あんど》した大介は、ひとまず幼なじみの少女を診察室に運んでソファに寝かせた。

「さて……しかし、どうにかしなきゃと言ったものの、ウサギはすばしっこいし、たとえ捕まえたとしても、キツネ憑《つ》きなんてどうやって治せばいいもんか……」

少年は、ため息混じりにボヤくしかなかった。普通の怪我や病気ならともかく、心霊現象絡みとなると病院の範疇《はんちゅう》ではない。

すると、近づいてきた静華が真剣な眼差しを向けた。

「それなら、わたしに任せてください。ちょっと準備してきますから、大介さんはくれぐれもラビ太くんを外に出さないようにしてコン」

なるほど、神社の巫女なら霊絡みの相談事を解決した経験もあるのかもしれない。

それに、キツネ耳になる以前から、静華には霊感があるという噂も聞いたことがあった。そのときは半信半疑だったが、今は彼女を信じるしかない。

「わかった。じゃあ、頼むよ」

キツネ耳少女が、廊下のドアを開けて二階にあがるのを見届けてから、大介は再びドアを閉めてあたりを見まわした。

冬と言うこともあり、ドアを開けっ放しにしている部屋はあまりない。それに、この二階に通じるドアが閉まっていたので、ラビ太が上に行った可能性も考えにくい。とすれば、ウサギがいる場所は限られる。

耳を澄ますと、玄関のほうからなにかがドアにぶつかるような音が聞こえてきた。

大介は奇襲攻撃を受けないように気をつけながら、慎重に玄関へと向かう。

すると玄関には、引き戸に体当たりしているラビ太の姿があった。おそらく、外に出ようとしているのだろう。だが、引き戸であることに加え、休業中の病院の玄関はしっかりと施錠してあるので、ウサギ程度の体当たりでは戸を壊すことなどできない。

「こら！　取り憑いているのがなんの動物か知らないけど、その体はラビ太のなんだぞ！　もっと大事に扱え！」

怒りに駆られて、大介は思わず怒鳴ってしまった。いくら錯乱しているとはいえ、動物が自傷行為としか思えないことをしているのを見ては、さすがに我慢できない。

その声に気づいたらしく、少年を見たウサギが再び毛を逆立てて敵意をぶつけてきた。

（普段はおとなしいラビ太が、こんなになるなんて……キツネ憑《つ》きって、本当に怖いものなんだな）

このようなことが、もしも人間や大型の動物で起こったらと思うと、背筋に冷たいものが流れる。

しばらく対峙《たいじ》していると、ラビ太が少年に飛びかかってきた。だが、あらかじめ心構えをしていれば、ウサギの攻撃程度は軽くよけられる。

ラビ太は大介を無視して、そのまままっすぐに走って逃げていった。

「よし。診察室のドアは閉めてあるし、あのまま行きつくのは一カ所しかないぜ」

ウサギが向かっているのは、動物たちの運動部屋だった。もともとラビ太を遊ばせる予定だったので、あそこのドアは開けっ放しになっている。

大介は部屋に入ると、ラビ太がなかにいることを確認してドアを閉めた。この部屋は、窓を除くと出入り口が一カ所しかないので、こうしてしまえば逃げ場もなくなる。

ラビ太は、動物用の遊具などがある部屋のなかを激しく走りまわっていた。その行動に意味はまったく感じられず、興奮のあまりパニックを起こしているようにも見える。ただ、それにもかかわらず、ウサギはしばしば大介に向かって威嚇《いかく》するような態度も示す。

（静華さん、早く戻ってきてくれ。このままじゃ、ラビ太が可哀相だよ）

と思いながら、ラビ太の動きを注視していると、

「大介さん、準備ができました」

ドアの向こう側から、静華の声が聞こえてきた。

ラビ太が離れているのを確認してからドアを開けると、キツネ耳少女がしずしずと入ってくる。

だが、大介は彼女の姿を見て言葉を失った。

なんと、静華は白衣《びゃくえ》に赤い袴《はかま》という、巫女装束を着ていたのである。袴は改造したらしく、キツネの尻尾がしっかり外に出ている。さらに、少女の右手にはギザギザになった白く長い紙の束がついた棒が握られ、左手に小さな巾着袋《きんちゃくぶくろ》を持っていた。

「し、静華さん？　なんでまた、そんな格好を？」

驚きのあまり聞くと、キツネ耳巫女が口もとをほころばせた。

「巫女装束を着ると、わたしの霊力はより強くなるんです。神聖な服だからでしょうね。万が一のことを考えて、神社から装束を持ってきておいてよかったです。ただ、祓串《はらえぐし》は持ってきていなかったので、紙垂《しで》などを作るのに少し手間取ってしまって」

と、静華が白い紙のついた棒を見せる。その動きに合わせて、紙垂が軽やかな音を

たてる。

キツネ耳巫女は、巾着袋《きんちゃくぶくろ》から包みを取りだすと、ドアの前に小さな塩の山を作った。

「清めの塩です。これは、悪霊が特に嫌うものですから、ラビ太くんはもう部屋から出られません」

そう言うと、少女はラビ太へと向き直り、手にしていた祓串《はらえぐし》を前方に突きだした。

おそらくなにかを感じたのだろう、白ウサギがあからさまに警戒の様子を見せて、

「ギーッ」と威嚇《いかく》の声をあげる。

実際、霊感などにまったく縁のない少年でも、巫女装束姿の静華からはなんとも清らかなオーラが出ているように感じられた。霊魂なら、キツネ憑《つ》き状態でもそうした気配をより敏感に察知するのは、少しも不思議なことではない。

「では、はじめます。祓《はら》い給《たま》え、清め給え、神ながら守り給い、幸《さきわ》え給え……」

祝詞《のりと》を唱えながら、静華が祓串を左右に振りはじめた。そのたびに、紙垂《しで》がシャッシャッと軽やかな音をたてる。

それを聞くなり、威嚇していたラビ太が一瞬、ビクッと体を強《こわ》ばらせるのが大介にもはっきりわかった。また、祝詞がはじまるのと同時に、部屋全体がどこか荘厳な雰囲気に包まれたような気がする。

「祓い給え、清め給え、神ながら……」

静華が祝詞を繰りかえし、一歩一歩ゆっくりとラビ太に近づいていく。

なにもできない少年は、ただ固唾《かたず》を呑んで見守るしかない。

警戒の限界水位を超えたのか、不意にウサギが歯を剝きだしにして、キツネ耳巫女に飛びかかった。

「静華さん、危ない！」

それを見て、大介は思わず叫ぶ。

だが、ラビ太は少女の手前三十センチほどのところで、目に見えない壁に阻まれたように弾き飛ばされてしまった。

「無駄です。あなたでは、今のわたしに触れることはできません」

静華が、優しく語りかけるように口を開く。

「さあ、おとなしくしてください。わたし、ラビ太くんを傷つけたくないんです」

そう言いながら、少女があらためてゆっくりとウサギに近づいた。

だが、いくら動物と話せるようになっているとはいえ、錯乱状態のラビ太に言葉が通じるとは思えない。

少女もそれはわかっているのだろう、再び祝詞を唱えながら、今度は巾着から取りだした塩を左右に撒きはじめた。そうして、ウサギの逃げ道をふさいでいく。

霊に取り憑かれたラビ太は、本能的に清めの塩を恐れているらしく、徐々に部屋の隅へと後ずさり、とうとう行き場を失ってしまった。

静華がさらに近づくと、ウサギは猛獣に追いつめられながら最後の抵抗を試みようとしているように、懸命に「キー、キー！」と激しく鳴いて威嚇《いかく》を繰りかえした。

「あなたは、ここにいてはいけません。早くラビ太くんから離れて、本来いるべき場所へ帰りましょう」

と語りかけながら、少女が祓串《はらえぐし》を左右に振る。そうしながらも、彼女がなんらかの強い力を発しているのは、いつになく真剣な表情や、なんとなく漂ってくる雰囲気で大介にも伝わってくる。

だが、「窮鼠《きゆうそ》猫を噛む」ということわざがある通り、追いつめられたラビ太は歯を剝きだしにして、再びキツネ耳巫女に飛びかかった。

「祓《はら》い給《たま》え、清め給え！」

静華は素早く祝詞《のりと》を唱えると、「えいっ！」という気合いとともに、まるで剣で真っ二つにするかのように、飛びかかってきたラビ太の前で祓串を振りおろす。

その瞬間、ウサギの身体から白いモヤのようなものがかすかに立ちのぼったのが、大介にも見えた。

ラビ太は、空気が抜けきった風船のように、そのまま床にグッタリと崩れ落ちる。

キツネ耳巫女が、「はぁ、はぁ……」と荒い息をつきながら、床にへたりこんだ。

「静華さん、大丈夫？」

と、大介はあわてて少女に駆け寄った。

かなり疲弊《ひへい》しているのか、静華の整った顔には疲れの色があからさまに浮かんでいる。やはり、祝詞を唱えながら相当の力を使っていたのだろう。

「わ、わたしは平気です……それより、ラビ太くんは？」

大介は、足もとでグッタリしているウサギを抱きかかえてみた。

「呼吸はしっかりしているし、体温もいつもと同じくらい……大丈夫、寝ているだけだよ。見た感じだと、身体のダメージも特にないみたいだ」

床に落ちたダメージがどれだけあるかは、ラビ太が起きてみないとわからない。だが、少なくとも外傷はないし、大丈夫そうには見える。

「それにしても……静華さん、すごいや。俺、本物のお祓いなんて初めて見たよ」

大介が尊敬の眼差しを向けると、キツネ耳巫女が弱々しく微笑んだ。

「そんな……わたしなんて、まだまだです。それに、コンちゃんがいてくれたから、これだけの力を出せたんですよ。わたし一人の力では、こんなにうまくはいかなかったと思います」

どうやら、静華自身の霊力にキツネの霊の力が加わったことで、彼女が本来持っているか、それ以上の能力が発揮されたらしい。いずれにせよ、今回の件は静華なしでは解決できなかっただろう。

「あとで、家のまわりにお札を貼っておきましょう。そうすれば、もうこんなことも起きません」

「わかったよ。しっかし、さすがは宮ノ森神社の巫女さんだよ。お祓《はら》いの姿もハマっていたし、静華さんならこういう方向でもやっていけるんじゃない？」

大介が気楽に言うと、一歳年上の少女はなんとも寂しげに表情を曇《くも》らせた。

「わたしには……なにもできません。おそらく、卒業したら他の神社に嫁《とつ》ぐことになりますから」

彼女の言葉に、少年は驚きを隠せなかった。

なんでも静華の話では、宮ノ森神社で生まれた女子は、跡継ぎが他にいない限り他の神社へ嫁に行くのが伝統らしい。そうして、神社間での連携を深めているのである。

静華の父は、娘がまだ二年生ということもあるのか、この件についてなにも話をしていない。だが、彼女には弟がいるので、伝統に従えば学園を卒業するのと同時に、どこかの神社の跡取りと見合いをして、そのまま嫁《とつ》ぐことになるそうだ。

「だけど、仕方がありません。それが、宮ノ森神社に生まれたときからの運命ですから。それに、今だけはやりたいことをしていますし」

気丈に微笑む静華に、少年は胸が熱くなるのを抑えられなかった。

大介は病院を手伝わされているものの、父から跡を継ぐように言われたことはないし、自分自身も獣医になる気などなかった。しかし、他にやりたいことが決まっていたわけでもない。つまり、なにをすることも自由で、自分の意思でこれから進路を選ぶことができるのだ。

だが、静華は伝統ある神社に生まれたがために、己《おのれ》の意思とは関係なく将来がすでに決められてしまっている。

そんな少女の境遇を知ると、同情ともなんともつかない思いが胸の奥からこみあげてくる。

「わたしのことは、もういいんです。ずっと前から覚悟はでき……んっ、できて……んはあぁぁ……」

言葉の途中で、静華が熱い吐息《といき》をもらした。その頬は見るみる赤らみ、呼吸も妖しげに乱れはじめている。

「ま、まさか……」

この表情などの変化には、大介もイヤと言うくらい覚えがあった。

「ああ、大介さぁん……なんだか、オチン×ンが欲しくなってきちゃったコン」

静華の口調が、コンの意識が混じったものに変わる。

（うわあっ、やっぱり……）

と、大介は頭を抱えそうになってしまった。

よりによって、こんな場所で急に発情するとは、想像もしていなかった。おそらく、強い霊力を使ったせいで、キツネの霊の本能部分が刺激されてしまったのだろう。

「大介さん……してくださぁい。わたしに、いっぱい大介さんを感じさせてぇ」

すでに性欲に支配されてしまったらしく、静華が少年の戸惑いをよそに潤んだ瞳を向けてくる。

彼女の運命を知ってしまうと、さすがに肉体関係をさらに深めることはいささか気が引けた。

(だけど、もう何度もエッチしちゃってるし、今さら遠慮しても仕方ないか)

そもそも、発情してしまったらセックスをするしか収める方法はないのだ。今は、遠慮することがかえって彼女を苦しめることになるだろう。

それに、キツネ耳と尻尾に巫女装束というのも、なかなかに男心をくすぐる格好で、見ているだけで興奮してくる。

「じゃあ……静華さん」

と大介が身体を抱き寄せると、キツネ耳巫女が「あっ」と小さな声をあげた。しかし、特に抵抗はしない。

少年は顔を近づけると、静華の唇に自分の唇をそっと重ねた。

5 キツネ耳誘惑

静華は、大好きな少年とキスをしているだけで、本能がいちだんと昂《たかぶ》ってくるのを抑えることができなかった。

大介の柔らかな舌が、口内にヌルッと入りこんでくる。それを迎え入れ、自らも舌を絡ませて淫らなステップ音を奏でる。

(ああ、なんだか心まで溶けてしまいそう。この幸せな時間が、ずっとつづけばいいのに)

そんな思いが、心に湧きあがる。

静華は幼い頃から、宮ノ森神社に生まれた女子の運命を知っており、それを自分自身も受け入れるつもりでいた。

しかし、昔から動物好きだった少女は、大介と出会って心惹《ひ》かれたことで、己《おのれ》の運命を無条件で肯定することに揺らぎを感じるようになっていた。

そんなとき、コンの霊が憑依《ひょうい》して、少女はキツネ耳になってしまった。

「よりによって、神社の巫女が動物の霊に取り憑《つ》かれるとはなにごとか!」

と父から叱責され、追いだされるように茂野動物病院へとやってきたが、それも静華にとってはある意味で幸せなことだった。

また、発情というアクシデントだったとはいえ、大介に処女を捧げることができたのも、戸惑いはあったが嬉しかった。静華は、神社の娘ではなく一人の恋する少女として、好きな相手と同じ時間を過ごす幸せを感じていたのである。

(だから、わたしはこのときをもっと大事にしたい。今だけの、ささやかな夢……)

そんなことを思っていると、唇を離した大介が後ろにまわりこんできた。そうして、衿から手を滑りこませて和装ブラジャーの上からふくらみに触れる。

その瞬間、甘美な刺激が走って、思わず「んっ」と声がこぼれて身体が強《こわ》ばってしまう。

「静華さん、これってブラジャー？　なんか、いつもよりオッパイが小さく見えたから、サラシでも巻いているかと思ったよ」

と言いながら、少年が下着の上からバストを撫でまわす。

「んんっ……は、はい。和装ブラです……んはあぁ……」

恥ずかしさをこらえながら、少女は大介の質問に答えた。

巫女装束もそうだが、和服は全般的に胸が大きいと着崩れを起こしやすい。そのため、静華のようにそれなりのボリュームがあると、ふくらみを抑える和装ブラジャーが必要になる。

最近では、巫女のアルバイトに来る女の子たちは普通のブラジャーですましているものの、神社の娘という立場があると、そうそう気楽なことはできない。その習慣があって、少女は緊急事態だったというのに、巫女装束を着るときわざわざ和装ブラにつけ替えていた。

「へぇ。なんだか、静華さんのオッパイが小さく感じられるのって、ちょっと新鮮だよなぁ」

そんなことを言いながら、少年はなおも和装ブラジャーの上から胸を撫でまわす。

彼の手の感触が、今の火照《ほて》った肉体にはなんとも心地いい。

「んあああ……だ、大介さん、なんだかいつもよりエッチだコォン」

「えへへ……じゃあ、もっとエッチなことしちゃおうっと」

と、大介が和装ブラジャーのファスナーを開け、前をひろげた。

その途端に、着物の上からもふくらみが増したことがわかる。

下級生の少年は、あらためて衿もとから手を入れると、白衣《びゃくえ》の肩先を引きずりおろしてバストをじかに揉みはじめた。

指の力で乳房が変形するたびに、なんとも言えない快感が静華の全身を駆け抜ける。

「ああんっ、き、気持ちいいコン……くふぅぅん……だ、大介さん……」

少女がバストからの刺激に夢中になっていると、大介が頭の耳に顔を近づけた。そして、キツネ耳の内側に舌を這わせる。

「くひゃあああぁぁぁん！　そこぉ、ああっ、なんだか変ですぅ……きゅいぃぃん、感じちゃうコォン」

思いがけないところからの快感に、戸惑いながらも甘い声がこぼれてしまう。

「やっぱり、耳も感じるんだね？　もっと舐めてあげるよ。ペロ、ペロ……」

息を吹きかけるように言ってから、少年がさらにキツネ耳を舐めまわした。

「はぁっ！　だ、大介さん、ああんっ、意地悪コン！　キャイィン、わたし、しびれちゃうぅぅ！」

舌が這いまわるたびに耳から快感が発生し、淫らな音が鼓膜を刺激する。こうされているだけで、頭が真っ白になりそうな快電流が全身に駆けめぐった。

さらに、彼の手がバストを荒々しく揉みしだいて、胸からも快感を送りこんでくる。

（ああ、すごい！　とってもいいのぉ！　大介さんと、ずっとこうしていたい！）

快感に酔いしれているうちに、静華の頭の芯がだんだんとしびれてきた。

不意に、大介の片手が胸から離れ、赤い袴《はかま》のほうへとおりていく。そうして、今度は尻尾を撫でまわしはじめた。

「はうぅぅん！　それも、ああぁっ、気持ちいいコォォン！」

どうも、キツネ耳や尻尾といった本来はコンの部分を刺激されると、やたらと感じてしまう。だが、決して不快ではなく、むしろ悦びに思える。

その心地よさに浸っていると、少年が袴と白衣《びゃくえ》をたくしあげて、純白のショーツに包まれた股間をあらわにした。さらに、彼の指が布の上から秘唇をとらえる。

「っ！　キャイィィン！」

予想していた以上の、息がとまるような快感が全身を駆け抜け、静華は思わず甲高《かんだか》い声をあげていた。

「静華さんのオマ×コ、もうすっかりグショグショになってるよ」

と、大介が指摘してくる。

どうやら、耳や尻尾を愛撫されているうちに股間のほうも敏感になっていたらしい。

ただ、そんなことを少年から言われると、恥ずかしさでどこかに消えたくなる。しかし、同時になぜか悦びも感じてしまう。

（きっと、大好きな人だから……大介さんだから、こんなに感じられるのに違いないわ。だけど、わたしは神社の娘……）

大介は動物病院の息子で、神社とはなんの所縁もない。少女が、いくら伝統に抗《あらが》って彼との関係が結実することを望んでも、父をはじめとする周囲が許してくれるとは思えない。

（でも、わたしは好きな人と愛し合う気持ちよさを知ってしまった……大介さん以外の人とエッチをするなんて、もう考えられないわ）

果たして、このまま学園を卒業し、お見合いでどこかの神社の跡取りと結婚して、自分は幸せになれるだろうか？　その相手を、大介以上に愛せるのだろうか？

そんな思いが胸の奥に湧きあがると、発情しているというのに悲しみのほうがこみあげてきて、自然に涙が溢れた。

「し、静華さん？　もしかして、気持ちよくなかった？」

大介が、戸惑ったようにバストと股間に這わせていた手をとめる。

「あっ。ご、ごめんなさい。違うんです。今がすごく幸せだから、つい……」

少女は、あわてて言いつくろった。

（わたしのバカ。大介さんに、心配をかけちゃったじゃないの。そうよ、先のことなんて、まだわからないわ。それよりも、今はこの身体の火照《ほて》りを収めたい。大介さんといっぱい愛し合って、素敵な思い出をたくさん作りたいの）

と割りきった少女は、いったん大介から離れると、彼と向き合って赤い袴《はかま》のヒモを自らはずした。そうして袴を床に落とすと、肩の半分以上までおろされた白衣《びゃくえ》の前が完全にはだけてしまう。

「大介さん、わたし……」

本能の赴くままに白衣も脱ごうとすると、少年が「待った」と声をかけてきた。

「あのさ……そのままましよう。巫女服の静華さんと、エッチしたいんだ」

「えっ？　そ、そんな……」

一瞬、神聖な巫女の着物のまま行為をつづけることへの抵抗感が、心に湧きあがる。

（ううん。わたしは大介さんの望むことなら、なんでもするの）

すぐに考え直した静華は、「はい」と小さくうなずいた。

「じゃあさ、お願いがあるんだけど」

「なんですか？」

「その格好のままで、パイズリしてくれないかな？」

「パイ……ズリ？」

いったいなんのことかわからず、少女は首をかしげる。

「オッパイの谷間でチ×ポを挟んで、しごくんだよ。静華さんのオッパイなら、できると思うんだけど」

「ええっ？　そ、そんなことを……」

静華は、思わず息を呑んだ。まさか、そのような行為を要求されるとは夢にも思わなかったので、さすがに驚きを隠せない。

だが、発情して昂《たかぶ》った心に、一物を胸の谷間に挟んだ自分の姿がふと浮かんだ。

（大介さんのたくましいモノが、わたしのオッパイの間に……）

その姿を想像しただけで、股間が自然にうずいてしまう。

ないの）

（それに、たった今、大介さんの望むことをなんでもしようって、誓ったばかりじゃ

と思い直した少女は、大介の足もとにひざまずいた。そして、ズボンのフックとフ

ァスナーを開け、ズボンとトランクスをずりさげて一物を出す。

すでにペニスは、天を向いてそそり勃《た》っていた。たくましいモノを目の当たりにし

ただけで、静華の身体の火照《ほて》りがいちだんと強くなる。

「ああ……そ、それじゃあ……するコン」

少女は大介に身体を近づけ、両手を胸の脇に添えると、おっかなびっくりペニスを

挟みこんだ。それから思いきり胸を寄せて肉棒を包みこむと、少年が「くうっ」と気

持ちよさそうな声をもらす。

「こ、これでいいコン？」

「うん。じゃあ、身体をうまく使って、チ×ポを刺激してみて」

「はい。ん、んしょ……」

静華はリクエストに応え、手で乳房を動かして竿を谷間でしごきはじめた。

「んっ、んっ……よいしょっ……んしょ、んしょっ……」

胸を動かすたびに、バストの内側の皮膚で一物がこすれる。それが、なんとも妙な

感じに思えた。

「あ、あの……気持ち、いいですか?」

大介の反応がイマイチなことに不安を感じて、少女は上目遣いに彼を見あげた。

「うん、まあまあ。でも、もっと大きく動いてほしいかな」

と、少年が要求を口にする。

だが、そんなことを言われても、胸だけをこれ以上大きく動かすのは難しい。

(どうすれば……あっ、そうだわ。身体ごと動かせばいいのかも)

幸い、少年の足もとにひざまずいた体勢なら、膝のクッションを利用することもできる。

そう考えた少女は、膝を使いながら身体を大きく上下に揺すり、それに合わせて胸を寄せている手も動かしてみた。

すると、予想通り大きな上下動になって、ペニスもより大きくこすれる。

「くっ……ううっ。そうだよ、そんな感じ。静華さん、そのままつづけて」

(大介さんが悦んでいる。ああ、嬉しい。わたし、とっても幸せぇ)

少年の気持ちよさそうな声に、そんな思いがこみあげてきて、静華は肉棒への奉仕にいちだんと熱をこめた。

そうして、身体の動きをより大きくすると、透明な液をにじませたペニスの先端が口もとまで迫り、なんとも言えない匂いが鼻腔に流れこんでくる。

（はぁ、大介さんの匂い……先っぽからお汁が出てきて……なんだか、わたしもだんだん我慢できなくなってきちゃう）

谷間に感じる感触も相まって、少女のほうもさらなる興奮を覚える。

静華は本能の赴くまま身体を動かしながら、舌を伸ばして先走り汁を舐め取った。

途端に、大介が「くあっ」と声をあげた。同時に、谷間に挟まったペニスがビクンッと震える。

「あっ。大介さん、気持ちよかったですか？　今の、感じたコン？」

「えっと……うん、すごく」

「嬉しい。大介さんが感じてくれて、わたしとっても嬉しいです。もっとしてあげるコン。んっ、んっ、レロ、レロ……」

少女は悦びに身を委ね、さらに身体を動かしながらペニスを舐めつづけた。

次第に谷間が汗ばみ、舐めきれなかった先走り汁も潤滑油となって、シャフトの動きがどんどんとスムーズになっていく。それとともに、ヌチュヌチュという音が発生する。

この淫音を聞いているだけで、静華は自分がいちだんと昂《たかぶ》っていくのを感じていた。

いつの間にか、胸の内側に一物を挟んでいることへの違和感もなくなっていた。むしろ、心地よい刺激がもたらされて、行為に悦びすら感じられるようになっている。

「ああ、もうダメだ。出るよ！　静華さん、出すよ！」

いったい、どれくらいパイズリをつづけたかわからなくなってきた頃、とうとう大介が切羽《せっぱ》つまった声で限界を訴えてきた。

肉棒はすっかり張りつめ、ピクピクと痙攣《けいれん》のような脈動を起こし、いつでも爆発しそうな気配を漂わせている。

「はいぃぃっ！　出して！　わたしの顔に、大介さんの熱いザーメンをかけてほしいコォォン！」

そう言って、ペニスを大きくこすりあげる。

その瞬間、少年の分身が大きく跳ねて、先端から飛びだした白濁のシャワーが静華の顔に降り注いだ。顔全体にネットリしたスペルマがこびりついて、なんとも言いがたい匂いが鼻腔から流れこんでくる。

（でも、これって大介さんの匂い……とっても幸せだコォン）

精の放出が終わると、少女は胸からペニスを解放し、その場にへたりこんだ。

見ると、前をはだけた厚手の白衣《びゃくえ》にもスペルマが散っている。

（白衣を……巫女服を、ザーメンで汚してしまったわぁ）

と思ったものの、不思議と少しも罪悪感が湧いてこない。むしろ、神聖な服を着たままこんな行為をしているという背徳感が、逆に新たな興奮をもたらす。

静華は、顔についたスペルマを舐めてみた。すると、以前にも味わったなんとも言えない味と感触が舌にひろがる。しかし、大介のモノだと思えば、別にイヤではない。それに、この味を感じるだけで、性への渇望がいちだんと強くなる。

すでに、少女の股間のうずきは最高潮に達していた。蜜がショーツから染みだすほどタップリ溢れているのも、自分ではっきりと感じられる。

「じゃあ、今度は俺が……」

「あっ、わたしなら、もう準備はできていますぅ。早く、大介さんのオチン×ンが欲しいコン」

とショーツを脱ぎ捨てた静華は、本能に従って四つん這いになった。やはりコンの影響が出ているのか、後背位でセックスをしてもらいたいという思いが強い。

ところが、大介はその場にあぐらをかいて座りこんでしまった。

「静華さん、たまには自分から挿《い》れてくれないかな?」

「えっ？　あ、あの……」

少女は言葉を失って、呆然とするしかなかった。確かに、これまで「挿れて」と求めたことはあるが、自分から挿入したことはない。

「ほら、上に来てよ。でないと、いつまでもこのままだよ」

静華がためらっていると、少年が追い打ちをかけてきた。

「そ、そんなぁ……」

弱々しい抗議の声をあげたものの、大介のほうは素知らぬ顔をしている。どうやら、彼はあくまで少女が来るのを待つつもりのようだ。

(ああんっ、早くオチン×ンが欲しい！　だけど、自分からするなんて、いくらなんでもはしたない……でも、真由さんはしていたわ)

思いだしてみると、ネコ耳少女は初めてのときも大介の上に自ら乗り、腰をおろして処女を散らしていた。もちろん、それができるかどうかは性格の差なので、できないからと言って恥じることではないだろう。

だが、どちらかというと引っこみ思案な少女は、ずっと前から真由の積極性を羨ましいと思っていた。

(そ、そうよ、わたしだって……ああっ、もう我慢できない！　このままじゃ、どうにかなっちゃう！)

高まる欲望と真由への対抗心に抗《あらが》いきれず、静華はとうとうためらいながらも少年へと近づいた。そうして、大介の足もとにまたがって腰の位置を合わせる。

だが、腰の動きだけで挿入しようと試みたものの、亀頭とヴァギナの位置がなかなかうまく合ってくれない。

「ダメだよ、静華さん。ちゃんと、チ×ポをつかんで合わせないと」

「は、はい……」

大介のアドバイスに従い、少女は先ほどまで胸の谷間にあった一物をおずおずと握った。途端に、手のひらに熱を持った剛棒の存在がひろがる。

「すごく熱いコン……それに、あんなに出したのに、まだとっても硬い……」

「それは、静華さんの格好が、すごく色っぽいからだよ」

確かに、今の少女は巫女装束の白衣《びゃくえ》と和装ブラジャーを羽織ったまま、前と下半身をあらわにしていた。正常な精神状態なら、恥ずかしさのあまり正気を保てなくなりそうな格好だ。しかし今は、大介が興奮してくれているという事実だけが、純粋に嬉しく思える。

静華はうつ向きながら、鈴口を秘部にあてがった。

「ああっ、当たってるコン……大介さんのオチン×ンが、わたしの割れ目に……んああぁぁぁぁっ」

腰を沈めはじめると、少年の分身が肉襞をかき分ける感触に、自然に熱い吐息《といき》がこぼれてしまう。

「うっ……おっきいのが……ああっ、入って……はうぅぅぅぅん……」

声をもらしながら、少女はさらに腰をおろしていく。

（すごいぃ。太くて硬いオチン×ンが、わたしのなかにズブズブ入ってくるのぉ！）

初めて自分のペースで挿入しているせいか、これまでになく一物の感触がはっきりとわかる。それが、なんとも言えずに心地よい。

そうして静華は、少年と向かい合う形で完全な結合を果たした。

お互いの腰が一分の隙間もなく密着し、肉杭によって一つにつながっている。その感覚が、圧倒的な幸福感をもたらしてくれる。

「静華さん……」

「大介さん……」

二人は名前を呼び合い、どちらからともなく唇を重ねた。さらに舌と舌を絡めて、よりいっそうの快感を貪《むさぼ》る。

（つながったまま、キスをして……これ、気持ちよすぎるぅ！　わたし、こんなに幸せでいいのぉ？）

そんな思いを抱きながら、愉悦の時間に酔いしれていると、ペニスがなかで動いて肉壁を刺激しはじめた。

「んああっ！　オチン×ンがぁ……くぅぅん、なかでヒクヒクしてるコォン！」

膣肉からの快感に、少女は思わず唇を振り払って声をあげてしまう。

「ふはぁ。静華さん、そろそろ自分で腰を動かしてみてよ」

「は、はい……んんっ、あっ、ああーっ！」

少年の言葉に従っておずおずと腰を揺すっただけで、静華は甲高《かんだか》い声を発していた。自分で動くと、相手に突かれるのとは少し違う快感が全身を駆け抜ける。

「ほら、もっと大胆に、思いきって動かすんだ」

大介にうながされて、彼に突かれていたときのことを思いだしながら、あらためて腰をゆっくりと上下に動かす。

「あっ、ああっ！　これ、いいコォォン！　奥にぃ！　奥に当たりますぅ！」

静華は少年にもたれかかるようにして、夢中になって逆ピストン運動をつづけ、快楽を貪《むさぼ》った。

そのとき、横でグッタリと寝ていたラビ太が、ピクピクと体を動かしはじめるのが、視界の隅で見えた。もしかすると、そろそろ目を覚ましそうなのかもしれない。

途端に羞恥心が湧きあがってきて、静華は動きをとめていた。

「静華さん、どうしたの？」

「あの、ラビ太くんが……ああ、恥ずかしいコン！　も、もう動けませぇん！」

と言って、少女は大介にギュッとしがみついた。

いくら発情しているとはいえ、こんな姿を大介以外の誰かに見られてしまうのは、さすがにあまりにも恥ずかしすぎる。まして、今の静華は動物の言葉を理解できるのだから、たとえ相手がウサギであっても、人間に見られるのと大差ない。

そう思うと、羞恥のあまり身体が自然に強《こわ》ばって、動けなくなってしまったのだ。

「仕方がないなぁ。じゃあ、場所を変えよう」

「あっ、はい。それじゃあ……」

と、少女は腰を浮かせた。その動きに合わせて、一物が膣内からゆっくりと出ていくのが感じられる。

（ああん、もったいない。もっと、入れていたかったのにぃ）

そんな気持ちが湧きあがってきたものの、抜かなければ移動もできないのだから仕方がないだろう。ここでの行為を拒んだのは、自分のほうなのだ。

名残《なご》惜しさをこらえ、静華は思いきって腰をあげて、肉棒を完全に抜き取った。

そうして立ちあがったものの、股間に一物が入っていた余韻が残っていて、フラついて壁に寄りかかってしまう。

すると、立ちあがった大介が、「静華さん……」と身体を正面から抱きしめ、壁に背中を押しつけた。

彼のぬくもりを感じると、なんとも幸せな気持ちになれる。

ところが、少年は静華の片足を持ちあげるなり、腰の位置を調節してペニスを秘裂にあてがった。

「えっ？　だ、大介さん？　まさか……や、やめ……きゃいいいいんっ！」

困惑する静華を無視して、少年は立ったまま肉棒を挿入してきた。

「あっ、ああっ！　ダメッ。入って……入って来たコォォン！」

突然の一物の侵入に、少女のなかで悦びと戸惑いが交錯する。

肉杭を根元まで収めると、少年が静華の耳に口を寄せた。

「静華さん、俺の首にしがみついて。あと、足も俺の腰に絡めるみたいにするんだ」

ワケもわからず、キツネ耳少女は大介に言われた通りにした。少年のほうも、静華の太腿とヒップを支えるようにしっかり抱きかかえる。

一物でつながれ、少年にしがみついている格好は、端から見たらどれほど卑猥に見えるだろうか？

それに、大介の首に力いっぱいしがみついているため、ふくよかなふくらみが彼の胸でつぶれているのが、なんとも恥ずかしい。

しかし、今はそうした羞恥心すら、快感にすり替わってしまう気がする。

「あ、あの大介さん、ここでは……」

静華が不安になって口を開くと、すぐに少年が小さくうなずいた。

「ああ、わかってるよ。だから、このまま移動しよう」

「ええっ？　そんなこと……わ、わたしおりま……きゃふううん！」

大介の言葉に驚き、つい腰を揺すった途端に、貫かれたところから快感が走り抜けた。足が地面についていないこの体勢では、彼から逃れようがない。

(じょ、冗談よね？　まさか大介さん、本当にこのまま歩くつもりなの？)

と思っていると、少年が両腕に力をこめて壁から離れた。そして、大きく一歩足を踏みだす。

途端に、ズンッと思いきり奥を突かれて、強烈な刺激が静華の脊髄《せきずい》を駆けあがった。

「きゃひぃぃぃいんっ！」

あまりにも強烈すぎて、つい甲高《かんだか》い声がこぼれでてしまう。

「だ、大介さん、やめてください……こんなことつづけられたら、わたしどうかなっちゃうコン」

いくら発情していても……いや、発情しているからこそ、この快感を与えられつづけることへの恐れがあった。このままでは、本当に大介から離れられなくなってしまう気がする。

(わたし、宮ノ森神社の娘なのに……)

「いいんだ、静華さん。いっぱい感じてくれよ。ほらっ」

少女の気持ちを知ってか知らずか、大介がゆっくり歩きはじめた。

「あんっ！　きゃんっ！　きゃぃぃいんっ！　あひぃぃぃいっ！」

一歩ごとに子宮口をコツコツと突かれ、もはや甘いと言うより金切り声に近いものが口から勝手にこぼれでた。また、そのたびに頭が白くなり、意識が次第に朦朧《もうろう》としてくる。

ドアまでほんの十数歩のことだったが、その間に静華は今までにないくらい深いところを何度も突かれて、すっかり息も絶えだえになっていた。おまけに、屹立した乳首も少年の胸でこすられて、そこからも刺激がもたらされるため、快感の二段攻撃を受けていた気がする。

大介がドアの前に立ったとき、すでに少女は言葉を発する気力も失い、ズレ落ちないようしっかり彼の首にしがみついているしかなくなっていた。

少年は、そのまま廊下に出て動物の運動部屋のドアを閉めた。

そうして少し歩き、今度は階段のドアを開けて、踏み面に足をかける。どうやら、本当に二階へあがろうとしているらしい。

「ちょっ……大介さん、お願いコン！　か、階段なんて……」

歩かれただけで、強烈な快電流が突き抜けたのだ。階段をのぼられたりしたら、いったいどうなってしまうのか。

「大丈夫だって。診察室には真由もいるし、一階じゃゆっくりできるところがないからね。俺に任せてよ。落としたりしないから」

どうやら、少年は静華が落ちることを不安がっている、と勘違いしているようだ。

「ち、違うコン。これ以上は……きゃはぁぁぁぁぁん！」

少女の声を無視して、大介がゆっくりと階段をのぼりはじめる。その第一歩目だけで、静華は鮮烈すぎる快感に、まともな言葉を発する力さえ奪われてしまった。

さすがにのぼりにくそうだったが、少年はゆっくりと慎重に歩みを進めていく。

「あひぃぃぃっ！　くぁあああぁぁっ！　きゃううぅぅぅんっ！」

階段を一歩あがられるたびに声が自然にこぼれ、頭のなかでフラッシュが瞬《またた》く。もう限界と思われていた、さらに奥までペニスが突き抜けているのがわかる。もしかすると、子宮口を貫いて子宮のなかまで亀頭が入っているのかもしれない。

あまりの気持ちよさで、静華は手足から力が抜けそうになっているのを感じていた。おそらく、もう何度か軽い絶頂に達しているはずだ。しかし、この体勢でいる以上、大介から落ちないように歯を食いしばってきつくしがみついているしかない。

「くっ。静華さんのオマ×コ、すごく締めつけてきてる。だけどヌメヌメしてて、チ×ポに絡みついてきて……とっても、気持ちいいよ」

階段をのぼりながら、大介が少女の耳もとでささやいた。

(恥ずかしい……そんなこと、言ったらイヤですぅ)

と思ったものの、もうそれを口にする気力などなかった。喘ぎ声以外、なにかを言葉にしようとしたら、その瞬間にこらえているものがたちまち爆発してしまいそうな気がする。

そう考えた静華は、いっそう力をこめて少年にしがみついた。

ようやく階段をのぼり終えると、大介は自分の部屋へと向かった。

階段のときより突かれる刺激が弱まったものの、彼が歩くたびに自然に「あんっ、あんっ」と甘い声がこぼれてしまう。

自室に辿り着いた少年は、部屋に入ると電気をつけた。

それからベッド脇に立つと、大介は上体を倒して布団の上に少女の背中をおろした。

「静華さん、もう離れてもいいよ」

その言葉に従い、静華は首から腕を離す。途端に緊張が解け、身体中から力が抜けていく。

「きゅふううううん……はぁっ、はぁっ……ああっ」

だが、大介は少女が息を整える間もなく両脚を大きくV字に持ちあげ、激しいピストン運動をはじめた。

「あひいいいいっ！　だ、大す……激し……くうううんっ！　ああっ、感じすぎちゃうコォォン！」

抗議するはずだった声が、全身を駆け抜ける快感の嵐のせいで、ついつい甘いものになってしまう。

少年のほうも、ここへ来るまでにかなり昂《たかぶ》っていたのか、もうなにも言わずにひたすら腰を動かしつづけた。

「あんっ、あんっ、くぁぁぁんっ！　わたし、もう……もうダメぇ！」

すでに心身が限界に達しつつあった静華は、とうとう切羽《せっぱ》つまった声をあげた。抽送によってもたらされる快楽の導火線は、エクスタシーの爆弾にいつ引火してもおかしくないところまで到達している。

大介も限界が近いのか、腰の動きを射精のための小刻みなものに切り替えた。

「くうぅぅんっ！　あああっ、来るっ！　すごいのが、来るのぉ……わ、わたし……きゃはあああぁぁぁぁぁぁぁぁぁぁぁぁぁぁぁぁあん!!」

とうとう、超新星爆発に匹敵するかもしれないと思うような強烈な輝きが、静華の頭のなかで発生した。

すべての思考も五感も失われ、真っ白な空間に肉体が浮いているような感覚だけが、少女の肉体を支配する。

さらに、身体の奥に熱いものが注がれ、一気にひろがっていくのが漠然と感じられた。しかし、それがなんなのか、今は考えることもできない。

（ああ……わたし、幸せ。今、とっても幸せなのぉ）

身体だけでなく、心までも満たされていく。この至福の感覚にいつまでも浸っていたい、という思いが静華の胸の奥に湧きあがる。

だが、そんな無上の絶頂感は長くはつづかず、間もなく潮が引くように急激に消えていった。

「あっ。あああ～……くぅぅん……」

入れ替わるように全身を包みこんだ虚脱感もあって、静華は名残《なごり》惜しさを感じながら吐息《といき》をもらした。

汗だくの大介が少女の上に倒れこみ、目を閉じて「はぁ、はぁ」と息を切らす。

暖房が効いていることに加えて、静華を抱えたままここまで来たのだから、体力をかなり消耗したのだろう。

少年はペニスを抜くことも忘れて、射精の余韻に浸っているようだった。

「大介さぁん……」

声をかけると、大介が目を開けて少女の顔を見た。

「静華さん、気持ちよかった？」

「はい……って、もう。大介さん、知りませんっ」

つい素直に返事をしてから、静華は急に恥ずかしくなってそっぽを向く。

「俺も。ちょっと疲れたけど、すごくよかったよ。静華さんのなか、スゲー気持ちいいから」

と言って、少年が髪を撫でてくれる。こうされると不思議なくらい心が安らぐのは、コンの霊が憑依《ひょうい》しているせいだろうか？

その答えは、静華自身にもわからなかった。いや、少女にとって、そんなことは些《さ》細《さい》な問題にすぎない。今はただ、大好きな少年と一つになっていることが、なによりも嬉しかった。

Ⅳ 夢の終わり～ネコとキツネの恩返し!?

1 雪山へ

テレビを含め、世間でも正月気分がすっかり抜けていた。もちろん、大介と真由と静華の三人も、普段と変わらない生活を送っている。

少女たちも、すっかり動物たちの世話にも慣れて手際がよくなったため、前よりも時間的に少しゆとりが生まれていた。もっとも、学校の宿題がたまっていたりするので、そうそう暇になるワケではないが。

とはいえ、学業成績優秀な静華がいてくれるおかげで、宿題はとてもはかどっていた。今のペースなら、今まであわただしくて遅れていたぶんを取り戻すのも、そう難しくないだろう。

昼前、二人の少女が昼食の準備をしている間に、大介は夕飯のためになにを買いに行こうかと、メモを作成していた。

そのとき、電話の呼び出し音が鳴った。

「はい、茂野……」

大介がコードレスの子機を取ると、受話器の向こうから「おう、大介か」と父の声が聞こえてくる。

「父さん。どうしたのさ？　もう、電話のところまで移動できるようになったの？」

「ああ。実は、あと一週間で退院できることになってな。あとは、自宅療養しながら通院してリハビリをするんだ」

それを聞いて、少年の胸にチクリと痛みが走った。

「そう……よかった」

「なんだ、あんまり嬉しそうじゃないな？」

「そ、そんなことないって。俺も、やっと動物たちの世話から解放されるんだから」

徹の指摘に、少年はあわてて言いつくろう。

「とはいえ、帰ってもすぐに病院を開けるわけにいかないからな。まだ当分は、おまえに迷惑をかけることになる」

「わかってるって。とりあえず、退院まではゆっくり休んでよ。こっちは、任せてくれて平気だから」

「ああ。ただし、おまえはまだ学生なんだから、くれぐれも真由ちゃんと宮ノ森さんを妊娠させるなよ」

「なっ……さ、させねーよ！　じゃあ、切るからな！」

冗談とも本気ともつかない父の言葉に、大介は思わず声を荒らげて電話を切った。

「ったくもう……なんで、父さんに俺たちのことがわかるんだよ？」

と、子機にブツブツ言いながら胸を押さえると、心臓がまだ派手な音をたてていた。

徹には、真由と静華が病院の手伝いに来ていることは話してあった。ただ、当然ながら二人が耳っ娘になってしまったことや一緒に住んでいること、肉体関係を持ったことなどはいっさい教えていない。それなのに、どうしてあんなことを言ったのだろう？

もっとも、二人きりの肉親なので、息子の微妙な態度の変化などから想像がついたのかもしれないが。

そこに、真由がラーメンを運んでやって来た。

「大介。今の電話、おじさんから？」

「あ、ああ。退院が一週間後に決まったって」

「そう……なんだ」

と、幼なじみの少女が物憂《ものう》げな表情を見せる。

「コンちゃんとミーシャちゃんの役目も、もうすぐ終わるんですね」

つづいてやってきた静華も、寂しさを隠しきれない様子で口を開いた。

徹の退院予定が決まれば、動物霊たちの成仏《じょうぶつ》の条件はクリアされる。つまり、もうすぐ少女たちは耳っ娘ではなくなり、普通の生活に戻れるのだ。

しかし、真由も静華も少しも嬉しそうな顔を見せない。

もっとも、それは大介も同様だった。

最初の頃は、予想外のことの連続で戸惑いもあったし、いささか迷惑に思うこともあった。だが、いつしか少年はこの生活が気に入り、いつまでもつづけばいいと考えるようになっていたのである。

しかし、徹が退院すれば、甘い同棲生活は自動的に終わりを告げる。それに、学校がもうすぐはじまる以上、少女たちも動物の耳と尻尾を生やしたままではいられない。

(そんなこと、最初からわかっていた……はずなのに……)

いざ、終わりが間近に迫ったことを実感すると、どうにも寂しさを隠せない。

少女たちも大介と同じ気持ちなのだろう、その日の昼食は三人とも無言のまま、なんとも重苦しい雰囲気に包まれた。少年としては明るく振る舞いたかったが、どうにも気の利《き》いた言葉が思い浮かばないため、沈黙するしかない。

昼食を終えて後片づけをすますと、静華と真由が顔を見合わせた。

「それじゃあ、真由さん。いつでも帰れるように、荷物を整理しておきましょうか？」

「うん。けっこう、好き勝手に使っていたもんね。おじさんに、あたしたちが一緒に住んでいたことを知られないようにしないと」

平静を装って言いながら、二人はリビングから出ていく。しかし、少女たちの耳も尻尾も力なく垂れ、なんとも気落ちした様子が手に取るようにわかる。

「この生活も、本当にもうすぐ終わっちゃうんだなぁ」

二人の姿が見えなくなると、大介はソファに腰をおろして大きなため息をついた。

発情した結果とはいえ、真由と静華とは何度も肌を重ねている。彼女たちから動物霊が抜ければ、すべてが肉体関係を持つ前に戻るのだろうか？

（いや。もう、絶対に無理だよな。二人がどう考えていようと、俺はこのことを忘れられないし。だけど、じゃあ俺はこれから真由と静華さんと、どう付き合っていけばいいんだ？）

二人と同時に交際するのは、二股をかけているようで気が引ける。とはいえ、少女たちが自分に向けている好意はわかっているだけに、どちらを選ぶかの結論を簡単に出すこともできそうにない。

そんなことを考えると、今さらながら気が重くなってくる。

いったい、どれだけそうしていただろう。ソファでとりとめもないことを延々と考えているると、不意に廊下からバタバタと誰かが走ってくる足音が聞こえた。

「だ、大介さん！」

血相を変えてリビングに飛びこんできたのは、静華だった。普段は物静かな少女が、これほどあわてた様子を見せるのは珍しい。

「どうしたの、静華さん？」

「それが……あの、助けてコン！」

いきなりキツネの口調が出てきて、大介は面食らってしまった。それに、彼女がなにを言いたいのかわからないため、「はぁ？」と首をかしげるしかない。

「あっ、えっと……わ、わたし感じたんだコン。山で、わたしの兄弟の誰かが傷ついたのを」

「なんだって？　そんなことが……」

あるはずがない、と少年は言いかけたが、一笑に付すことはできなかった。すでに、霊の実在を目の当たりにしているので、超常的な力を以前のように否定することはできない。

それに、キツネは一回で平均四匹ほどの子供を出産する。同じタイミングで生まれた子供の間であれば、なんらかの感応力があっても、決しておかしなことではないだろう。

「だけど、山か……どのあたりか、わかる？」

父が山で遭難して大怪我をした事実が、少年の脳裏をよぎる。

「ここからだと、遠すぎてよくわからないんだけど……だいたい、山の中腹より少し下のあたりだと思うコン」

「とすると、神社の近くかかな？　今日は晴れているから、それならなんとかなると思う。すぐ出かければ、夕方までに山を降りられるだろうし、急いで出発の準備をしよう！」

「わかりました。ありがとうコン！」

今の意識が静華のものなのかコンのものなのか判然としないが、少女は喜び勇んで部屋へと戻っていく。

大介も自分の部屋に戻ると、一番厚手のジャンパーやオーバーズボンをしっかりと着こみ、大きめのリュックを引っぱりだした。

たとえ標高の低い山にほんの少し行くときでも、冬山に登るならしっかり備えていかないと、なにかあったときに取りかえしがつかない。これは、しばしばボランティア活動で冬山に登っていた父から、繰りかえし聞かされていた教訓である。

少年自身も地元育ちなので、雪山の恐ろしさはよくわかっているつもりだ。

それから一階に降りると、徹がいつもボランティアで使っていた医療キットの箱を棚から取りだした。その中身が揃っていることを確認し、リュックに入れて準備を整える。

大介が二階に戻ると、同じように厚手のジャンパーに防寒ズボンに帽子という冬用の装備をしっかり整えた二人の少女が待っていた。

「真由……おまえは、留守番してろよ」

「ヤダ！　あたしも、一緒に行くニャン！」

どうも、ミーシャの意識が強く出ているのか、真由の言葉遣いがネコのものになっている。

「だけど、もしものとき……」

「大丈夫ニャン！　あたしだって、近づけば動物の気配を感じられるもん。静華しゃん一人より、きっと早く探せるはずニャン」

そう言って、ネコ耳少女がまっすぐに大介を見つめた。

こうなったとき、彼女が絶対に妥協する性格ではないことは、付き合いが長いのでよく知っている。

「わかったよ。議論している時間もないし、とにかく出かけよう」

危険が伴うという意味では、静華も同じだろう。ただ、二人とも置いていって大介一人で山のなかからキツネ一匹を探しだすなど、まず不可能だ。

(とすれば、一人も二人も同じだな。だけど、真由と静華さんのことは、俺が絶対に守ってやらなきゃ)

そう誓いながら、大介は二人の少女とともに玄関を出た。

2 遭難エッチ

町はずれの病院から山のふもとまでは、雪道でも徒歩で二十分ほどの距離である。

この季節に、山のほうから来る人はほとんどいないので、大介たちはふもとへ辿り着くまでにほとんど人とすれ違わなかった。

もともと、少女たちが冬の装備をしっかり着こんで耳も尻尾も隠しているおかげで、誰かとすれ違っても感づかれる心配はなかっただろう。とはいえ、ヒップのあたりが不自然にふくらんでいるので、まじまじと眺められたら異常に気づかれていたかもしれない。

とにもかくにも、大介たち三人は雪山へと入っていった。

幸い、中腹にある小さな神社までは参道があって木々が切り開かれているので、雪が積もっていてもそう苦労せずに登っていくことができた。ただ、山の天気は変わりやすいと言う通り、先ほどまで晴れていたのに、今は空になにやらどんよりした雲がかかってきているのが気になる。

　それでも雪を踏みしめながら順調に先へと進み、神社まであと少しに近づいたところで、静華がハッと顔をあげた。

「あっちコン！」

　と、キツネ耳少女が神社のさらに奥の森を指差す。

「あたしも感じたぞ！　間違いにゃいニャン！」

　真由も、真剣な面持ちで同じ方向を見る。

「よし、行こう！　二人とも、絶対に離れるなよ」

　静華を先頭に、三人は固まって先に進んだ。

　とはいえ、この時期に誰も足を踏み入れないところは、降り積もった雪のせいで甚だしく歩きづらい。おまけに、鬱蒼《うっそう》と茂った木々が邪魔でまっすぐに歩けないため、蛇行しながら進むしかないのだ。

　大介は、だんだん自分が本当にまっすぐ進んでいるのか、わからなくなってきていた。静華たちのナビがなかったら、とっくに迷っていたかもしれない。

　そうして、さすがに大介もいささか疲労を感じはじめた頃。

「あそこ！　あのあたりコン！」

　と、キツネ耳少女が一本の木の根元を指差した。

雪を踏みしめながら近づくと、木に隠れるようにして一匹のキツネがうずくまっているのが見えた。

目をこらすと、左の前足に怪我をしていて血が出ているのがわかる。

キツネのほうも気配に気づいたのか、顔をあげて三人を見るなり、「ウ～」と低いうなり声をあげた。どうやら、かなり警戒しているらしい。

「兄さん、わたしだコン」

帽子を取り、キツネ耳をあらわにした静華が、近づきながら穏やかに話しかけると、キツネは明らかに驚いたような表情を見せた。

「……うん。わたし、死んじゃったコン。だけど、今はこの女の子の身体に取り憑《つ》いて……え？　そうだコン。あの術を使ったの」

キツネがなにやら鳴くのに対して、前にしゃがみこんだロングヘアの少女が、うなずきながら話をする。

もちろん、キツネがなにを言っているのか、大介にはまったくわからなかった。だが、コンが静華の口を借りているおかげで、だいたい会話の想像はつく。

どうやら、兄キツネの怪我はハンターが放った猟犬に嚙まれてできたものらしい。

彼はどうにか犬の追跡を振り払ったものの、ここで力つきてしまったとのことである。

なるほど、山のこちら側は参道があって禁猟区に指定されているので、ハンターに追われる心配はない。

　だが、ひどい目にあったせいか、兄キツネの人間への不信感は相当なもののようだ。

　そこまで話をして、コンの意識が前面に出た静華が悲しげな表情を見せた。

「兄さん……そんなことない、人間にもいい人がいっぱいいるコン……うん、そうだよ。ここにいる大介さんや真由さんも、とってもいい人だコン。兄さんを助けるために、わたしと来てくれたコン」

　さらに少し話をつづけると、兄キツネがなにやらうなずく。すると、静華が振り向いて笑みを浮かべた。

「兄さん、なんとかわかってくれたコン。大介さん、治療をお願いするコン」

「わかった。じゃあ……」

　いきなり噛みつかれたりしないか、と少し緊張を覚えながら、大介はゆっくりとキツネに近づいた。そうして、リュックをおろして医療キットの箱を取りだす。

「いい子だから、おとなしく足を見せてくれよ」

　大介は恐るおそる手を伸ばし、コンの兄の左前足に触れた。だが、妹の説得をきちんと聞き入れたのだろう、人間不信のキツネはおとなしくしている。とはいえ、「妙なことをしたら襲うぞ」という敵意が消えていないのは、しっかりと伝わってくる。

「静華さん……いや、コンちゃん？　どっちでもいいや。足の傷を水で洗うから、ちょっとだけ染みて痛いかもしれないけど我慢してって伝えてよ。それと、真由は一応、キツネの身体を押さえてくれ。暴れられたら、危ないから」

大介の指示で、静華がキツネに傷を洗うことと、真由が体を押さえることを伝える。それに対して、キツネが小さく鳴いた。

「大丈夫コン。兄さん、我慢するって」

「よし、それじゃあ……」

大介は手袋をはずし、蒸留水の入った小瓶を取りだしてキツネの足の血を洗い流した。

覚悟があったとはいえ、やはり傷に染みたのか、キツネが「キャンッ！」と甲高《かんだか》い悲鳴をあげる。しかし、暴れたりはしない。

血を拭き終えると、大介はあらためて傷の様子を見た。

「……血が出ていたから心配だったけど、こうして見た限りじゃ、ちょっと深く噛まれただけで、骨に異常なんかはなさそうだな。本当なら、病院に連れていきたいけどそういうワケにもいかないだろうし、この場で治療するぞ」

本音を言えば、ちゃんとした診察台に寝かせて、ゆっくり傷を見てやりたかった。しかし、ただでさえ歩くのに難儀《なんぎ》する積雪のなか、大人になったキツネを担いで帰るのは難しい。そもそも、人間不信の兄キツネが病院へ行くのを了承するとは思えない。

小雪が舞いはじめたなか、大介はキツネの足の傷の周辺の毛を綺麗に切り取った。そして、あらためて傷口を洗うと、止血作用のあるドレッシング材を貼りつける。

「よし、とりあえずこれで大丈夫。このドレッシング材は、二、三日したら取っちゃっていいから、あとは傷口が完全にふさがるまでなるべく汚さないようにって言っておいてよ。それと、しばらくはおとなしくしていることとって」

そう言って、大介は寒さでかじかんだ手を綺麗に拭くと、再び手袋をはめた。

「大介、そんな治療でいいニャ？」

あまりに簡単だったせいか、キツネから手を離した真由が疑問の声をあげる。

「ああ。父さんに習ったんだけど、傷口を潤わせておいて治癒力を引きだす方法なんだってさ。とりあえず、傷は骨に達していなかったし、これで大丈夫だと思う」

野犬に嚙みつかれたりしていたら、変な病気に感染する可能性も考えて、きちんと消毒したほうがよかったかもしれない。だが、猟犬ならその点の心配はないはずだ。

正確な判断ができたかどうか、あまり自信はないものの、徹に仕事を手伝わされていたおかげで、少年はこういった知識も一応は持ち合わせていた。いつもは面倒にしか思わなかったことだが、今回ばかりは父に感謝するべきだろう。

静華から説明を聞いたキツネが、少女になにやら話しかけた。

「……うん。大介さん、兄さんが『一応、礼は言っておく』と言ってるコン」

「そんな……もともと、人間が怪我をさせたんだし。ただ、これ以上は助けられないよ。それが自然ってものだろう？」

という大介の言葉を、静華が兄キツネに伝える。

すると、キツネはスンッと鼻を鳴らして立ちあがった。その態度から、「当然だ」と言いたげな彼の意思が伝わってくる。

兄キツネは、前足をかばうようにしながら歩きだす。だが、途中でいったん振り向き、静華のほうを見てなにやら鳴くと、今度はもう振りかえることなく森の奥へと去っていった。

「お兄さん、今なんて言ったの？」

大介が聞くと、寂しげに兄の後ろ姿を見つめていたキツネ耳少女が振り向いた。

「はい。『おまえは早く死んだけど、最後にいい人間と出会えたみたいでよかったな』だそうです」

彼女の口調は、いつの間にか静華本来のものに戻っていた。どうやら、コンの意識は再び奥に引っこんだらしい。

「そっか。これであいつが、人間のことを少しでも信用してくれるようになったら嬉しいけど……」

自然の厳しさのなかで、怪我をしたキツネが生き残れるのかはわからない。だが、本来なら傷の治療をしてやることすら、自然への干渉なのだ。大介たちが、これ以上のことをするべきではないだろう。

「さあ、天気が怪しくなってきたし、早く山を降りようぜ」

気持ちを切り替えた一行は、元来た道を引きかえして歩きだした。

ところが、いささかタイミングが遅く、天気は悪化の一途をたどりはじめていた。チラチラと舞う程度だった小雪が、見るみる大きなボタン雪になり、さらには横殴りの風まで吹きはじめる。

空が厚い雲に覆われてあたりも暗くなり、視界が雪で遮《さえぎ》られて、自分がどこにいるかすらわからなくなってしまう。

「二人とも、はぐれないように、しっかり手をつなぐんだ！」

風で声がかき消されそうになるなか懸命に叫ぶと、両方から手が伸びてきて、少年の手をしっかり握る。こうしていないと、すぐにでもはぐれてしまいそうだ。

それから、三人は身を寄せ合うようにして前に進んでいった。いや、それが前なのかどうかも、もはや判別がつかない。

（とりあえず、下に向かって歩くしかない）

そう考えて、大介は斜面をくだることだけを考えていた。

だが、ただでさえ木々に遮られてまっすぐ歩けないのに、雪も風もますます強まってくる。このままでは、下山しきる前に遭難してしまいそうだ。

「クッソー。せめて、神社の位置でもわかれば、とりあえず雪をやり過ごせるんだろうけど……」

少年が、歯ぎしりをしながら愚痴《ぐち》ると、

「大介さん！　神社なら、もう少しくだった右方向にあるはずです！」

「あたしにも、なんとなくわかるぞ！　とにかく、神社に行こうよ！」

と、静華と真由が叫ぶように声をかけてきた。おそらく、憑依《ひょうい》した動物の本能が、優れた方向感覚を発揮しているのだろう。

彼女たちの言葉に従い、さらに少し山をくだってから進路を右に取る。すると、不意に森が開けて神社の境内が見えた。

この神社は、過去の災害のあとに山の安全を祈願して建てられた。そのため、宮ノ森神社と違って無人の小さな社《やしろ》が建っているだけで、宮司《ぐうじ》などはいない。

雪が入るのを防ぐため、社の正面も木戸がしっかり閉じられ、また案の定というべきか鍵がかかっていた。

「参ったな。これじゃあ、入れないぞ」

と途方に暮れていると、神社の娘が傍《かたわ》らの石造りの灯籠《とうろう》に手を突っこんだ。そうして、なかから鍵を取りだす。

「大介さん、鍵ならあります。いつも、ここに隠してあるんですよ」

静華がそう言って、少年に鍵を渡してくれた。

「ありがとう。だけど、静華さんよく知っていたね？」

「実は、この神社も宮ノ森神社の管轄なんです。だから、何度かお掃除などしに来たことがあって……」

キツネ耳少女が、嬉しそうに話していると、

「もう！　早くなかに入ろうよ！　ホントに、凍《こご》えちゃうぞ！」

と、真由が少し苛立ったように声を荒らげた。

確かに、こんな吹雪《ふぶき》のまっただなかで呑気に話をしている余裕はない。

鍵を開けて社《やしろ》のなかに入り、木戸をしっかり閉めると、風と雪がピタリと遮《さえぎ》られた。

外からは、吹雪の音だけが響いてくる。

ジャンパーなどにまとわりついた雪をふるい落とし、三人はどうにか一息ついた。

ただ、こうして見るとなかは本当に狭く、ご神体を祀《まつ》っている部分を除けばスペースは三畳もあるかどうか、といった程度だ。

「ねぇ？　暖房とかないの？　雪と風を防げたのはいいけど、このままじゃ寒すぎるぞ」

と、真由が身体を震わせながら口を開く。

ネコ耳少女に限らず、大介も体の芯から冷えきっていた。防寒装備をしっかり調えていたとはいえ、あの吹雪のなかを歩いていたら体温が奪われるのも当然だろう。

「無人の社に、暖房なんかあるわけないじゃん。だいたい、電気だって通ってないはずだし。とりあえず、カイロは持ってきたけどさ」

念のため使い捨てカイロをいくつか持ってきていたので、大介はそれをリュックから取りだして少女たちにも配った。

袋を開けて揉んでみたが、体温がさがっているのでそう簡単には温まらない。それでも、セーターのさらに内側に入れていたら、ほのかに温かくなってきた。

(だけど、もう少し温まらないと、この寒さはしのげないよな)

いくら狭い社でも、人のぬくもりで温まるほど気密性は高くないし、そもそも肝心の体温自体がさがりきっている。おまけに、外は吹雪で冷気が染みるように入りこんでくるのだ。

(どうすれば、寒さを乗りきれるのかな?)

と思っていると、真由と静華が申し合わせたように身体をピッタリと寄せてきた。

少女たちの胸が腕に当たり、二人の心臓の鼓動が腕から伝わってくる。

(うわっ。ジャンパー越しでもオッパイが……って、こら！　こんなところで……)

ふくらみの存在を感じた途端に、少年の一物には無意識に血液が集中していた。この危機的な状況でも性欲が湧いてしまう自分が、少し情けなくなってしまう。

「……大介。あの……提案が、あるんだけど」

不意に、真由がためらいがちに口を開いた。

「な、なんだよ？」

興奮を悟られないようにしながら、少年は少しドギマギしながら応じる。

「あのさ、三人で……エッチしようよ」

ネコ耳少女の大胆な提案に、大介は思わず目を丸くした。

「な、なに言ってるんだよ？　こんなところで、しかもこの寒さのなかで……」

「そんなこと、わかってるって！　だけど……ほら、よく漫画なんかでもあるじゃない、冷えきった身体を温めるために、裸になって抱き合うっていうの。どうせなら、エッチまでしたほうが火照《ほて》っていいと思うぞ」

さすがに自分でも言っていて恥ずかしいのか、真由が唇を尖《とが》らせる。

すると、静華も照れくさそうにしながら少年の顔を見つめた。

「あの……大介さんがよかったらですけど、わたしも真由さんの意見に賛成です。このままでいても、身体が温まる気がしませんし」

確かに、彼女たちの言う通りかもしれない。それにジッとしていても、風の音と寒さで不安がこみあげてくるだけだ。だったら、気持ちをまぎらわすことをしていたほうがいいかもしれない。

「……わかった。じゃあ、しようか」

「あはっ。大介ぇ！」

「大介さぁん……」

少年がうなずくと、真由と静華が嬉しそうに腕に力をこめてきた。

3 あふれる想い

二人の少女が、並んで唇を突きだしている。

大介は、まず真由と軽くキスをした。そうして、すぐに静華とも唇を重ねる。さらに、また真由とキスをして、今度は静華と……。

それを交互に繰りかえし、二人の唇の感触を堪能《たんのう》する。

「ちゅっ。大介ぇ、またオッパイ触ってぇ」

「ぷはっ、わたしも……胸を揉んでほしいんです。できれば、じかに」

昂《たかぶ》った表情の少女たちが、とろけた瞳でそう訴えてきた。

「じゃあ、自分で服をたくしあげてくれよ」

少年の言葉に従い、真由と静華が自らジャンパーの前を開ける。そこから現われた衣装を見て、大介は目を丸くした。

防寒ズボンを穿いていたため気づかなかったが、なんと真由はメイド服を、静華は巫女装束をジャンパーの下に着ていたのである。

「二人とも、なんでそんな格好を？」

「そのぉ……コンちゃんのお兄さんを捜すのに、強い霊力が必要だったから……」

と、静華が恥ずかしそうに口を開く。

「私だって着替えてるヒマなかったんだもん」

そう言いながら真由はエプロンを取り、ワンピースの背に手をまわしてファスナーを開けて上半身をはだけた。

キツネ耳少女も対抗するように、白衣《びゃくえ》をはだけて和装ブラに包まれたふくらみをあらわにする。

思いがけない展開にやや動揺しながらも、大介は両手で二人のバストの下のほうに触れてみた。

「んあぁっ。大介の手、冷たいぞぉ」

「んんっ。本当に……でも、大介さんの手ぇ……」

少女たちが、口々に感想をもらす。

大介は、二人のふくらみのラインをなぞるようにしながら、真由のブラジャーの内側に手を滑りこませた。そうして、邪魔な下着をたくしあげてしまう。

さらに、和装ブラの前についているファスナーを開けて、静華のふくよかなバストも露出させる。

それから、少年は双方の乳房をわしづかみにすると、絞るようにして揉みはじめた。

「はうううんっ。あんっ、手が冷たいけど……んああっ、気持ちいいぃ」

「くふうぅん……そ、それ、大介さん、すごく感じちゃいますぅ」

真由と静華が、同時に快感の声をあげる。

少女たちの甘い声を聞きながら、大介は感触の違う二つのふくらみを思う存分揉みしだいた。

「あうぅん。はうっ……あきゅううぅん！　いいっ、それぇ！」

「きゅいぃいぃん！　あんっ、あんっ、オッパイ、すごくいいですぅ！」

見るみる快楽に染まっていく二人の表情を見ているうちに、大介の欲望にも本格的に火がついてきた。

「なぁ？　二人のオッパイで、俺の顔を挟んでよ。顔パイズリって言うのかな？　やってみてほしいんだ」

いつもなら遠慮してしまいそうなリクエストだが、この状況下で理性が麻痺《まひ》しかけているのかすんなりと口をつく。

に押しつけてくる。


「はい。大介さんが、望むのなら」

二人は素直にうなずき、少年の両脇に来た。そうして、抱き合うようにして胸を顔に押しつけてくる。

キツネ耳少女のふくよかなふくらみと、ネコ耳少女の控えめなバストの谷間に、大介の顔がしっかりと挟まれた。ややひんやりしているものの、硬さの違う二つの乳房を左右から同時に感じると、それだけでも天国にいるような心地よさに包まれる。

「じゃあ、二人とも小さくでいいから、身体を揺すってくれよ。俺の頬を谷間でこする感じでさ」

「わかった。んしょ、んしょ……」

「は、はい……あふっ、あふっ……」

少年の指示に従って、二人が小さな声をあげながら身体を動かしはじめた。

「うはぁ。スゲー気持ちいいや」

大介は、思わず歓喜の声をもらしていた。

異なる魅力を持つ二つのバストの感触が、頬からなんとも言えない快感をもたらしてくれる。それに、少女たちの体温があがってきているのか、次第に顔が温かさに包まれていく。

（ああ、なんか幸せだなぁ）

顔パイズリなど、一人が相手でも要求すれば平手打ちを食らうかもしれない。それなのに、今は二人の美少女のバストに顔を挟まれている。こんなことは、そうそう経験できることではないだろう。

なおも感じる寒さも手伝って、大介は二人の腰を抱くようにして身体をより密着させた。

「はっ、はふっ、はふっ……あんっ、はぁんっ……」

「ん、あっ……よいしょっ……んはっ、んはぁ……」

顔パイズリをつづけているうちに、真由と静華の呼吸が乱れてきた。疲れたのかと思ったが、二人の吐息《といき》には甘いものが混じっている。

それに、よく見ると少女たちの乳首もしっかりと勃《た》っていた。

「ひょっとして、二人とも感じているのか？」

「そ、そんなことないぞ。あ、あたしは感じてなんか……」

と、真由が少年の指摘をあわてて否定する。

「わたしは……その……身体の奥が、すごく熱くなってしまって……」

静華のほうは、遠まわしな言い方だが否定はしない。

（こういうリアクションにも、性格の違いって出るよなぁ）

そう思うと、なんとなく面白くなってくる。

大介は、二人の背中をさするように撫でまわした。

「ふにゃあああん……背中、くすぐったいぞぉ」

「ああん、大介さんの手ぇ、いやらしいですぅ」

なおも身体を動かしながら、少女たちが同時にとろけた声をあげる。これを左右から一度に聞けるのだから、本当に贅沢《ぜいたく》だと思う。

いつまでもこうしていたいが、さすがにそういうわけにもいかない。

「ありがとう、二人とも。じゃあ、今度は俺が二人にしてあげるよ。さあ、後ろを向いて並んで正座するんだ。あっ、オッパイは出したまんまでね」

指示に従って、少女たちが大介の顔からバストを離した。そして、肩を並べて少年に背中を見せて座る。

大介は、二人を抱きしめるように手をまわして、ふくらみをわしづかみにした。

「ふみゃあん。オッパイ、気持ちいいぃぃ！」

「くふぅうん。さっきより、感じますぅうっ」

少年が手に少し力をこめただけで、少女たちはたちまち甘い声をあげる。おそらく、顔パイズリで充分に性感が高まっていたのだろう。

「二人とも、もっとよくしてあげるよ」

と言って、大介は屹立した双方の乳首をつまんだ。それから、つまみを弄《いじ》るように、突起を指の腹でこすりあげる。

「あひっ……だ、大介っ！　もう、いきなりなんて、ああんっ、ひどいぞぉ！　あひぃぃんっ！　クリクリしちゃダメぇ！　あんっ、あんんっ！」

「はううっ！　乳首、気持ちよすぎますぅ！　はうぅうんっ、ああっ、こ、こんな……ひゃううぅんっ、わたし、くぅうんっ、だんだんんん！」

乳頭からの刺激を受けて、二人の少女が甲高《かんだか》い喘ぎ声をあげる。

そんな嬌声《きょうせい》の二重唱が、耳になんとも心地よい。

また、密着していると二人の匂いがしっかりと感じられる。その芳香が最高の媚薬になっているのか、愛撫しているだけで少年自身の興奮もいちだんと煽《あお》られる。

「あっ、ああああっ、もっと……ふみゃあああっ！　これぇ、気持ちいいよぉ！」

「きゃはぁんっ！　ああっ、我慢できませぇん！　あそこがうずくんですぅ！」

そう口々に言うと、少女たちは空いているバストを自ら揉みはじめた。さらに、もう片方の手を防寒ズボンの奥に突っこみ、股間を指でモゾモゾと弄《いじ》る。

「ああああっ！　感じるぅ！　あっ、あたしぃ、すごく感じてるよぉ！」

「はうんっ！　わ、わたしも……こんなに、身体がしびれちゃってぇ！」

（ホント、スゲーや。あの真由と静華さんが……）

少女たちの淫らな姿に内心で驚きながら、大介はさらに二人のふくらみを揉みつづけた。

性欲に支配されたのか、真由と静華の手の動きも次第に激しいものになっていく。

「ふみゃあっ！　あっ、あっ、クリちゃんっ、いいっ、いいのぉぉぉ！」

「わたしも、とっても……ああっ、いいですぅっ！　キャヒイイン！」

どうやらクリトリスを弄《いじ》っているらしく、少女たちの喘ぎ声が切羽《せつぱ》つまったものに変わる。

「二人とも、イキそうなのか？」

「あんっ、うんっ！　も、もう我慢できないのぉ！」

「はいぃ！　このまま、このままイカせてくださいぃ！」

大介の問いに、二人の美少女が声を揃えて答える。

「よーし、それじゃあ二人で仲よく、イッちゃってくれ」

と言うと、少年は指に力をこめて二人の乳首をギュッとつぶした。

「きゃっ……あはあああぁぁぁぁぁんっ!!」

「あひぃぃいっ！　い、いくぅぅぅぅうっ!!」

狙い通り、真由と静華が同時に身体を強《こわ》ばらせて絶頂の咆哮《ほうこう》をあげた。

少しの間、全身をガクガクと震わせていた少女たちの身体から、一気に力が抜けていく。

大介が手を離すと、二人は正座したまま前のめりに倒れこむ。

そうして持ちあがったヒップの丸みを見ていたら、少年も欲望を我慢できなくなってきた。

大介は、少女たちの防寒ズボンとパンティーを一気に膝まで引きさげ、臀部から太腿までをあらわにした。閉じこめられていた二人の尻尾が、ようやく解放されたことを喜ぶかのようにピンと立って左右に揺れる。

静華はさすがに袴《はかま》は穿いていなかったが、メイド服はワンピースなので尻尾がないとスカート部分がいささか邪魔だったかもしれない。

少年はさらに視線をさげると、二人の股間に目をやった。

「スゲーな、二人とも。すっかり、できあがってるじゃん」

言うまでもなく、大介の愛撫に加えて自慰までしていた少女たちの股間は、甲乙《こうおつ》つけがたいくらいグッショリと濡れそぼっている。

とはいえ、彼女たちのバストの感触を堪能《たんのう》し、艶姿《あですがた》を見ていた少年のほうも、充分すぎるくらいに興奮している。

「大介ぇ。早くぅ」

「大介さぁん……」

二人が切なそうな目で少年を見つめながら、尻尾を左右に振る。その光景が、なんとも扇情的に見えてならない。

（さて、今回はどっちを先にしよう？）

大介は、二人のヒップを眺めながら、考えこんでしまった。結果的には二人とすることになるとはいえ、優先順位をつける決め手に欠けている。

「ああん、もう大介ったら、また迷ってるの？　男らしくないぞぉ」

業《ごう》を煮やしたのか、真由が文句を言ってくる。

「大介さん……あの、わたしならまだ大丈夫ですから、先に真由さんを……」

意外なことに、静華がそんなことを言った。

自分も我慢できないくらい昂《たかぶ》っているだろうに、少年が迷っているのを悟ってあえてライバルに先を譲る。そんな彼女の優しさに、大介の心は動かされた。

「よし。それじゃあ、先に静華さんからしよう」

「ええっ、そんなぁ。静華さんだって、あたしが先でいいって言ってるんだぞぉ」

と、真由が抗議の声をあげる。だが、大介はツンッとそっぽを向いた。

「おまえの、その態度が気に入らないんだよ。それに、俺は先に静華さんを満足させてあげたいんだ。ほら、静華さん、おいでよ」

少年の誘いに、静華が「で、でも……」と遠慮がちにネコ耳少女のほうを見る。

するとと、真由が悔しそうにため息をついた。

「んもぉ～。仕方がないから、静華さんが先でいいわよ」

とうながされて、キツネ耳少女が安堵《あんど》した様子で腰を振った。

「それじゃあ……大介さん、お願いします」

「お願いします、じゃないな。静華さん、前のときみたいに、また上に乗って自分で挿《い》れて動いてよ」

少年のリクエストに、静華が「えっ」と目を大きく見開き、手で口を覆う。

その間に、大介は防寒ズボンとパンツを脱いで、床に腰をおろした。そして、自ら動く気がないことを態度でアピールする。

キツネ耳少女は、うつ伏せの体勢のまま恥ずかしそうに躊躇《ちゅうちょ》していた。一度したことがあるとはいえ、真由の前なので羞恥心が強く働いているのだろう。

「ほら。早くしないと、真由を先にしちゃうよ」

とうながすと、さすがに我慢できなくなったのか、静華がようやく身体を起こした。

そして、ズボンとショーツを脱ぎ捨てて白衣《びゃくえ》だけを羽織った姿になると、少年の上にまたがってくる。

「そ、それじゃあ……挿れますね。失礼しまぁす」

おずおずと言ってから、少女はペニスをつかんで位置を合わせた。

さすがに一度しているため、今度は口調ほどのためらいもなく、すぐに亀頭の先端が割れ目に触れる。

「んあっ。はあ、はあぁぁぁぁぁぁぁ……」

吐息《といき》のような声をもらしながら、静華がゆっくりと腰を沈めてきた。

途中でペニスから手を離し、両手を少年の肩にかけてそのまま腰をおろしていく。

「ふにゃあ。静華さん、いいなぁ」

と、真由が羨ましそうに言う。

「あううう……ま、真由さん、見ないで。恥ずかし……あああああんっ！」

羞恥の色に染まりながらも、静華はとうとう腰を沈めきった。それから、「はぁ、はぁ」と息を切らして少年にもたれかかってくる。

一気に突きあげたい衝動が湧きあがるが、大介はあえてそれを抑えこんだ。

(同じ体位で何度もしても、イマイチ面白くないもんな。ちょっと、別のことも試してみたいし)

そう考えた少年は、両足を伸ばして静華の耳もとに口を寄せた。

「静華さん、身体を後ろに反らして、両手を床につくんだ」

「はぁ、はぁ……こう……ですか？」

指示に従って、少女が胸を張るように上体を大きく反らし、床に手をつく。大介も、少し後ろに身体を倒し、両手を床についた。

「じゃあ、その格好のまま腰を揺すってよ。俺も突いてあげるから」

「は、はい……んんっ、ああっ！　な、なんだかぁ……くあああんっ、前のときと、ああっ、違ってぇ……くひゃあああんっ！」

　腰をくねらせるなり、静華がたちまち嬌声《きょうせい》をあげはじめた。身体をのけ反らせているぶん、ペニスの先端が膣壁にこすれやすくなっているのだろう。実際、大介の分身の先っぽからも、いつもとは一味違う刺激がもたらされている。

　ジッとしていられなくなった少年は、静華の動作に合わせて腰を前後に動かし、膣の浅いところまでを刺激した。

「きゃひいぃいぃいぃいっ！　な、なんですか、これ？　すごっ……ひゃあああんっ！　か、感じすぎるぅうぅうぅう!!」

　膣壁の前側を先端でこするようにしながら腰を動かすと、すぐに静華が絶頂寸前のような甲高《かんだか》い悲鳴をあげた。

「えっとね、Gスポットだよ。この格好だと、ちょうどそこを刺激できるんだ」

　Gスポットは、すべての女性にあるものではないが、存在した場合はうまく刺激してやると、クリトリス以上に感じることもあるらしい。

　先日、雑誌でそのことを知って試してみたくなったのだが、どうやら静華は肉豆以外の敏感な部分をちゃんと持っていたようだ。それに、この体位で腰を大きく揺すると、膣の浅いところまでこすることができる。おかげで、膀胱《ぼうこう》の近くに存在するGスポットを刺激しやすい。

「静華さん、いいなぁ。大介、あたしとするときも、同じところを刺激してくれないと許さないぞぉ」

と羨ましそうに言いながら、真由が少年の背中から抱きついてはだけた胸を押しつけてきた。

さらにネコ耳少女は、身体を揺すって大介に胸をこすりつけた。すると、分厚いジャンパー越しでも、控えめなバストの感触が充分に感じられる。

「んは、んはっ、大介のジャンパーが乳首にこすれてぇ……ああんっ、んっ、なんだか感じちゃうよぉ」

呼吸を乱しながら、真由が少年の耳もとで訴えてくる。

後ろにいるため、大介にはよくわからないが、どうやら彼女は身体をこすりつけながら、また自分の股間に手を這わせているようだ。

さらに、先ほどのおかえしと言わんばかりに、片手で大介の胸をまさぐりはじめる。その妖しい手つきが、なんとも心地よい。

「ああっ！　あああぁっ！　わたし、おかしくなるぅぅぅ！　はううんっ、すごいの！　すごく感じて……きゃひぃぃぃぃぃんっ！」

　静華の動きが、いちだんと激しくなった。それでも、自ら一番感じる場所に当たりやすくしようとして、巧みに腰の動きをコントロールしている。

　大介も、体がすっかり火照《ほて》って汗ばんでくるのを感じていた。体温が相当あがっているのか、もう寒さもあまり感じない。もしかすると、社《やしろ》のなかの温度自体が高くなっているのかもしれない。

「静華さん、そろそろイキそう？」

　膣の蠢《うごめ》きから、そんな予感がして大介は聞いてみた。

「は、はいっ！　わたし、感じて……ああんっ、もう……だ、大介さんは？」

「俺も、もうそろそろ出そうだ。じゃあ、思いきりするから、静華さんは身体を起こしてよ。真由、そのまま俺の体を支えていてくれ」

「あああん、わかったぁ」

　真由が、オナニーをしながらとろけた声で了承する。

　少年は床から手を離し、静華の腰にまわして上体を引き寄せる。

　キツネ耳少女は、素直に少年に抱きついてきた。それから、すぐに小刻みに腰を振りはじめる。

「ああんっ、あんっ、あんっ、いいのっ！　来る！　もうすぐ来るのぉ！」

静華が、たちまち切羽《せっぱ》つまった声をあげはじめる。

「ひあああっ！　あたしもっ……クリちゃんいいのぉ！」

大介の背後にピッタリくっつきながら、真由も甘く切なそうに喘ぐ。

二人の声に昂《たかぶ》り、少年は思いきり腰を動かして静華を突きあげた。

下に弾力がないので、思ったほど強くは突けないが、それでもキツネ耳少女は充分に快感を得ているようだった。

「あっ、あっ、あっ……わたし、本当にもう……ダメです！　あああぁっ、イッちゃううううううううううううううっ!!」

静華の絶叫とともに、少女の膣肉が妖しく蠢《うごめ》いてペニスに絡みつく。

その絶妙な刺激がだめ押しになって、大介も彼女のなかに精を弾けさせていた。

「は、はひぃいいいいいいぃんっ!!」

さらに、背後の真由も悲鳴をあげて身体を強《こわ》ばらせる。どうやら、彼女もエクスタシーに達したらしい。

スペルマが出つくすのに合わせて、二人の少女が大介をサンドイッチにしてもたれかかってきた。

「はぁ、はぁ……じゃあ、次はあたしの番よ。静華さん、早くどいてぇ」

息を切らしながらも、真由が上級生の少女を押しのけるようにして前に来る。

「ああ……は、はいぃ……」

絶頂の余韻に浸っていた静華が、ノロノロと腰を浮かせはじめた。

熱くぬめった膣内から出ると、ペニスが少しひんやりする。

そうして、キツネ耳少女から分身が完全に姿を現わすと、真由がすぐ少年の上にまたがってきた。

「大介はそのままでねぇ。あたしも、静華さんみたいにするから」

と言うなり、ネコ耳少女は大介の返事も聞かずに、愛液とスペルマにまみれた一物をつかんで、自ら秘部に亀頭をあてがう。そのぬめった感触からも、彼女の興奮の程度がよく伝わってくる。

「んあっ。これぇ、欲しかったの。はうぅぅぅんっ！」

甘い声をあげ、真由は一気に腰を沈めてきた。

オナニーで充分に潤っていたおかげか、大介の一物は驚くほどスムーズに少女のなかへと呑みこまれていく。

「あっ、あっ、大介のオチ×ポ、やっぱりいいぃぃいっ！」

腰をおろし終えると、真由がそう言いながら少年にギュッと抱きついてきた。

小振りな乳房が大介の胸に当たり、その感触が射精で萎《な》えかけていた本能に新たな興奮を呼び起こす。

「あんっ。オチ×ポ、なかでおっきくなったぁ」

と、ネコ耳少女が少し驚いた声をあげる。性欲の回復に伴って、分身も元気を取り戻したのである。

「真由さん、今度はわたしも手伝ってあげますね」

そう言うと、キツネ耳少女が真由の上体を大介から引き剝がして抱きついた。今度は、真由がサンドイッチにされた格好である。

「えっ？　ちょっ……はああんっ！」

静華にバストを揉まれて、ネコ耳少女が甘い声をもらす。さらに刺激のせいか、真由の膣内がペニスをキュッときつく締めつけてきた。

（いくらまだ興奮しているって言っても、あの静華さんが、自分からこんなことをするなんてなぁ……）

キツネ耳少女の積極的な行動に、大介は内心で舌を巻いていた。ただ、彼女の行動には、どこか真由への嫉妬《しっと》の思いも感じられる気がしてならない。

抑えきれない衝動に駆られた大介は、ネコ耳少女のウエストをつかむと腰を動かしはじめた。

「はみゃああっ！　すごっ！　感じるよぉ！　オッパイが、はひぃぃっ、オマ×コも……き、気持ちいいぃぃぃぃぃ！」

たちまち、真由が悲鳴のような声をあげた。

「ほら、真由も腰を動かすんだ。でないと、Gスポットをこすれないぜ」

果たして、ネコ耳少女にもGスポットがあるかどうかはわからない。いずれにせよ、その位置は浅めなので、座位で深々と一物を差しこんだままでは刺激するのが難しい。

「ふあっ、ああっ、ああっ、ああっ……」

少年の言葉に従って、真由が上下に腰を動かしだす。とはいえ、静華にバストをつかまれているため、やや動きにくそうだ。

ネコ耳少女に合わせて、大介も意識的に尿道の側を刺激するようにしてピストン運動を大きくする。

「はにゃあああぁぁんっ！　今、ビリッて……ふみゃあああっ！　そ、そこがGスポッ……トぉぉ？　す、すごいっ！　しびれちゃったぞぉ！」

おとがいを反らして、真由が断末魔のような声で叫んだ。

どうやら、彼女にもGスポットがあったようだ。しかも、きつく締めつけてくるため、実に刺激しやすい。

大介は、一物が抜けてしまわないように注意しながら、膣の浅いところをこするようにピストン運動を繰りかえした。

「はっ、はひっ！　感じ……ひゃみゅううううっ！　あああっ、こんなっ……オシッコ……きゃはあああぁぁっ！　出ちゃうよぉぉぉぉ！」

すっかり快楽に酔いしれているらしく、真由はただひたすら激しい喘ぎ声をあげつづけた。

Gスポットは膀胱《ぼうこう》に近いところにあるため、刺激しすぎると尿意が発生しやすいらしい。だが、社《やしろ》では小用をする場所もないので、これ以上は危険だろう。

そう考えた大介は、今度は膣の奥を思いきり突きあげはじめた。

「ひいぃぃぃぃっ！　そっちまで……あひゃあああっ、ダメッ、いいっ！　ああんっ、すごいっ！　気持ち、あひぃぃ、いいのぉぉぉ！」

奥を突くようなピストン運動に合わせて、真由が甲高《かんだか》い声をこぼす。

彼女がこれだけ感じているのは、Gスポットをこすっているためだけでなく、静華が乳首をつかんでいて、動くたびに刺激されているせいもあるはずだ。

ネコ耳少女の身体からは汗が噴きだし、女性の匂いが大介の鼻腔をくすぐっていた。その香りが少年の腰に発生した熱を、いちだんと増幅させる。

さらに動いていると、真由の膣肉の締めつけがきつくなってきた。摩擦が一気に増え、大介の絶頂感も一気に高まる。

「ううっ！　真由、俺そろそろ……」

「いいよっ！　出してぇ！　あたしのなか、大介でいっぱいにしてぇ！」

真由の求めに応じて、少年はラストスパートをかけて腰を激しく突きあげた。

「あっ、あっ、あっ！　イク、イクッ、イッちゃううううううううう!!」

ネコ耳少女が、天をあおいで身体をピンッと硬直させる。

同時に、大介は大量のスペルマを真由のなかに注ぎこんでいた。

4　憑依の理由

いったい、どれだけの時間が経ったのだろうか？

心地よいまどろみのなかにいた大介は、急速に意識が覚醒するのを感じて、ゆっくりと目を開けた。

少年の目の前には、寝息を立てている真由と静華がいる。どうやら、激しく愛し合ったあと、三人でしっかり抱き合ったまま、いつの間にか眠っていたらしい。

あれほどうるさかった吹雪《ふぶき》の音もすっかり収まって、今は格子窓《こうしまど》から夕陽が差しこんでいる。

さすがに肌をあらわにしたままでは凍《こご》えてしまうので、大介たちはあらためて服を着たあと、お互いのジャンパーを布団のようにかけて、それぞれの体温で体を温め合っていた。おかげで、さほど寒い感じはしなかったが、さすがに少し体が冷えてきている。

それに、冬の日は短い。今、夕陽が見えているということは、すぐにでも帰らないと暗くなってしまうだろう。

「二人とも、起きろよ。吹雪、もうやんだみたいだぜ」

声をかけて肩を揺すると、真由と静華がうっすらと目を開けて少年を見た。

だが、その瞳はどこかうつろで、なんとなくいつもと様子が違う気がする。

大介がいぶかしんでいると、二人が並んで立ちあがった。

「ふみゅ〜。大介しゃん、そろそろお別れだニャ」

「くぅん。残念だけど、もう時間切れみたいコン」

彼女たちの言葉に、大介は首をかしげた。

「え？　あっ、もしかしてミーシャとコン？」

すると、二人の少女が同時にうなずいた。どうやら、真由と静華の意識の上に、動物たちの意識が出てきたらしい。

「お別れとか時間切れって……父さんが退院するまでは、まだ少し時間があるじゃん。もうちょっと、このままでいても……」

大介が言いかけると、メイド服姿のネコ耳少女が小さく首を横に振った。

「もう、あたしの思いは充分に果たしたニャン。それに、真由にゃんの願いも」

「わたしも、静華ちゃんの願いを叶えたと思うコン。だから、わたしがいなくてもきっと平気コン」

と、巫女装束姿のキツネ耳少女も大きくうなずく。

彼女たちの言葉の意味がわからず、大介はあらためて首をかしげた。

「願いを叶えたって？　だって、ミーシャもコンも動物病院に恩返しをするために、真由と静華さんに取り憑《つ》いたんだろう？」

そんな少年の態度に、少女たちが顔を見合わせて笑った。

「本当は、これをはにゃしたら強制的に憑依《ひょうい》が解けちゃうんだけど……」

「もう、わたしたちは成仏《じょうぶつ》するからいいコン。実はわたしたち、病院を手伝うことよりも、真由ちゃんと静華ちゃんの大介さんへの思いを成就させたかったんだコン」

「二人の……俺への思い？」

「うん。真由にゃんは、大介しゃんのことがずっと前から大好きだったニャン。だけど、素直に好きって言えにゃくて苦しんでいたんだニャ。真由にゃん、あたしが生きている頃によくその悩みを話してくれて、あたしはお二人のことが心配で心配で仕方がにゃかったんだニャ」

「静華ちゃんも同じコン。わたしの看病をしに来たとき、静華ちゃんはわたしに大介さんのことをいっぱい話してくれたコン。だけど、神社のことがあるから恋はできないって悩んでいて……それが気になって、成仏できなかったんだコン」

初めて聞いた話に、大介は言葉もなかった。

「あたしは、真由にゃんの力ににゃれないまま死んじゃって、成仏できずに現世をさまよっていたニャ。だけど、動物界に伝わる儀式のことを思いだしてやってみたんだニャン」

「わたしも、親身に看病してくれた静華ちゃんに、思いを成就させて恩返しをしたかったコン。だから、満月の夜に儀式をして憑依したんだコン」

以前、大介は憑依に必要な条件が満月の光だと聞いたことがあった。二匹はそこを狙って、偶然にも同じタイミングで真由と静華にそれぞれ憑依したのである。

「それに、本当はもう一つ大きな条件があったニャ。人間との憑依を成功させるには、あたしたちと憑依相手の願いが同じでにゃいといけにゃかったんだニャン」

「そういうことだコン。思いが一致しないと憑依もできなかったし、運よくできたとしてもラビ太くんみたいなキツネ憑きになっていたコン」

「じゃあ、いくら条件が揃っていたって言っても、けっこうヤバイことをしたんじゃないか？」

少年の言葉に、真由に乗り移ったミーシャが頭を搔いた。

「にゃはは。憑依に失敗したら、魂は成仏もできずに消滅しちゃうから、実はとても危にゃいことだったんだニャ」

　そんな危険な橋を渡ってまで憑依《ひょうい》を決行した二匹の動物の厚情に、大介の胸が自然に熱くなってくる。

「だけど、真由にゃんは前からの願いを叶えたから、もうあたしがいにゃくにゃっても大丈夫ニャン」

「どういう意味だい？」

　ミーシャがなにを言いたいのかわからず、少年は首をかしげた。

「大介じゃん。さっきのエッチは、発情してのものじゃにゃいニャン。真由にゃんが、自分の気持ちに正直ににゃってしたものだニャ」

「静華ちゃんも同じコン。わたしは兄さんと話すのに力を使いすぎて、さっきのエッチのとき、意識をほとんど眠らせていたコン」

「そう言えば……」

　あらためて指摘されて、大介は先ほどの行為の最中、二人の言葉に「ニャ」も「コン」もいっさいなかったことを思いだした。

「真由にゃんは、自分のにゃかの壁を破ったニャ。だから、もうあたしが離れても、先に進むことができるニャ」

「静華ちゃんも、諦めかけていた願いを叶えて強くなったコン。きっと、これからは運命を自分で切り開けると思うコン」

そう言った二人の身体が、ほのかな黄金色の光を放ちはじめた。

「そろそろ、本当にさよにゃらニャン、真由にゃん、大介しゃん、静華にゃん」

「いろいろ迷惑をかけたコン。だけど、とっても楽しかったコン」

「……ああ。いろいろあったけど、俺も楽しかったよ。ありがとう」

大介の言葉に、ネコ耳少女とキツネ耳少女が満面の笑みを浮かべる。

「大介しゃん、真由にゃんを大切にしてあげてニャン」

「静華ちゃんのことを、幸せにしてあげてほしいコン」

その言葉とともに、二人の少女の頭からネコ耳とキツネ耳、そして尻尾が見るみる消えていく。

動物の耳と尻尾が消えると、真由と静華が力つきたようにその場にグッタリとへたりこんだ。

「二人とも、大丈夫か?」

大介は、あわてて少女たちに声をかける。

「……大介ぇ。ミーシャが……」

顔をあげた真由は、大粒の涙をこぼしていた。

「大介さん……コンちゃんも、わたしのなかからいなくなってしまいましたぁ」

静華も、溢れる涙をこらえきれない。

大介には、少女たちにかける言葉がなかった。ここしばらく、文字通り一心同体となっていた相手がいなくなったのだ。その悲しみは、本人たち以外にはわからないだろう。

少年には、なにも言わずに二人を抱き寄せ、ギュッと抱きしめてやることしかできない。

「うわぁぁぁぁん……！」

「ふえぇぇぇぇん……！」

あふれる思いを抑えきれず、真由と静華が声をあげて泣きはじめた。

エピローグ

まだまだ終わらないニャン!?

三月も下旬になり、つい先日まであたり一面が真っ白な雪に覆われていた北栗町にも、春の気配が感じられるようになっている。

茂野徹のリハビリもすでに終わり、動物看護師を新たに二名迎えて、茂野動物病院は以前の賑わいを取り戻していた。

動物看護師を増やしたことで、大介が病院の手伝いに駆りだされることは少なくなった。ただ、今は少年のほうが率先して父を手伝っている。

ネコ耳少女とキツネ耳少女との同居のあと、大介は自分のなかにあった父の仕事へのわだかまりが消えていることに気づいた。そして、動物の命を救うことへの喜びと、より多くの動物たちを助けたいという思いを抱くようになったのである。

こうして、獣医師になる決意を固めた少年は、獣医大に入るための勉強をはじめていた。もともと、学業成績はそれほど悪くなかったので、受験まで二年近い時間があれば大学合格に必要なレベルに到達できるだろう。

とはいえ、大介にはいまだに解決できていない悩みもあった。

「んぐ、んぐ、んぐ……大介ぇ。あたしのフェラ、気持ちいいでしょ？」

ベッドに横たわった少年の足もとでは、私服姿の真由がペニスを咥《くわ》えこんでいた。

確かに、彼女の口技は以前とは比べものにならないくらい上達しており、少年になんとも言えない快感をもたらしてくれる。

「んしょ、んしょ……わたしの顔パイズリのほうが、いいですよねぇ？」

大介の頭のほうには、上半身裸になった静華がいて、顔をバストで挟みこんでいた。

こちらも、そのふくよかなふくらみの魅力を存分に活かす力加減を心得ていて、天にも昇るような心地よさを与えてくれる。

同居生活はとっくに終わっていたが、真由は以前にも増して家事などをしに来るようになっていた。さらに、静華も対抗するように茂野家によく顔を出しては、あれこれと世話を焼こうとしてくれる。特に春休みになってからは、二人とも毎日のようにやって来て、恋の火花をバチバチと散らしながら競うように家事などに励むのだ。

おまけに、徹たちの目がない時間帯に二階にいると、こうして少年の部屋にやって来てはエッチな誘惑を仕掛けてくる。

もちろん、大介もセックスの快感を知ってしまったので、まるっきり拒むつもりはなかった。ただ、二人の少女がライバル心を剝きだしにしていて、結果的にいつも3Pになってしまうことには、いささか戸惑いを隠せない。

もっとも、少女たちも3Pを口ほどいやがっている様子もないし、なにより「今は無理にどちらかを選ばなくてもいい」と言ってくれているのだ。

それをいいことに、結論を先送りにしている少年自身にも、こんなことになった原因はあるだろう。しかし、どちらも甲乙《こうおつ》つけがたく、現在は選ぶに選べないというのが本音だ。

「もう！　静華さんは、神社の仕事があるんじゃないの？　大介の世話は、昔からあたしの仕事なんだぞ！　邪魔しないでよ！」

ペニスから口を離して、真由が一歳年上の少女をにらみつける。

「あら、今日はお休みをもらったんですよ。神社に嫁《とつ》ぐ心配がなければ、少しくらい休んでも平気ですから。それに、真由さんが前から大介さんのお世話をしていたからって、わたしがお手伝いをしに来たらいけない、なんて法はありませんわ」

と、静華が少年の顔を胸で挟んだまま、余裕綽々《よゆうしゃくしゃく》といった顔で応じる。

キツネ耳から元に戻った少女は、動物たちの世話を通してトリマーになって茂野動物病院を手伝いたいという夢を抱き、神社に帰ってから父親と話し合いを持ったらしい。

するると驚いたことに、父は彼女の願いを拍子抜けするくらいあっさりと認めたそうだ。彼には、娘をどこかの神社の嫁に出すつもりなど、最初からなかったのだ。古い風習で娘の将来を縛らず、やりたいことをして幸せになってくれるのが一番、という親心があったからこそ、父はなにも言わなかったらしい。ようは、すべて少女の早とちりだったのである。

そうとわかってから、静華は一歳年下の少年に対して積極的なアプローチをするようになっていた。性格的にもかなり明るくなった、という周囲の評もある。

「それより、真由さんのほうこそ、こんなことばかりしていていいんですか？　少しは勉強しないと、動物看護師になって大介さんを手伝うこともできませんよ」

静華の痛烈な逆襲に、学業不振の幼なじみが「うぐっ」と言葉につまった。

「……へ、平気だぞ。あたしだって、やればできるんだから。たぶん……」

自分の進路でずっと悩んでいた真由も、ネコ耳少女になった一件を通して「動物看護師になる」という目標を見つけていた。動物看護師になって、いつか獣医師となった大介を公私でサポートするのが、今の彼女の夢らしい。

ただ、学園卒業後に動物看護師の育成学校に入るのはともかく、そこでの勉強についていけるかどうかは別問題だ。真由の現時点の学業成績を考えると、今から努力しないといささか厳しいことになるのは、大介でも想像がつく。

トリマーにせよ動物看護師にせよ、動物病院には必要な存在だ。二人がそれぞれの進路に進み、将来的に茂野動物病院を手伝ってくれるならありがたい。

だが、そうなると今の関係もつづくだろう。それはそれで、いささか困ったことになりそうな気がする。

(ま、それはまだ先のことだけど……)

ひとまず気を取り直し、大介は完全に動きをとめてにらみ合う少女たちの下から口を開いた。

「えーっと……二人とも、エッチをするならする、やめるならやめるで、はっきりしてもらいたいんだけど」

3Pをすることへの戸惑いは消えていないが、このまま放置されては蛇の生殺しだ。

「ああん。最後までするに決まってるぞ。絶対に、静華さんよりいいって大介に言わせてやるんだからぁ。はむっ。んぐ、んぐ……」

真由が、再びペニスを咥《くわ》えこんで顔を動かしはじめる。

「わたしだって、真由さんには負けません。この胸も、あそこも……全部、大介さんだけのものなんです。んしょ、んしょ……」

と言って、静華もふくよかな胸を少年の顔に強く押しつけてくる。

しれていた。
と思いながらも、大介は二人の美少女からもたらされる心地よさに、いつしか酔い
（うっ。やぶ蛇だったかも……）

少年は、フサフサしたものが体をくすぐる感触で目を覚ました。

真由と静華と激しく愛し合ったあと、いつの間にか眠ってしまったらしい。

「う〜、ヤバイ、ヤバイ。つい、またエッチに夢中になっちゃったよ」

と、ベッドに寝そべったまま頭をかく大介。

防音がしっかりしているので、一階に声が聞こえたということはないはずだ。だが、下に父や動物看護師がいるのに3Pに興じると、背徳感とスリルが異様な興奮につながり、ついつい燃えあがって激しいセックスになだれこんでしまう。

おかげで、絶頂に達して行為の後始末を終えるなり、素っ裸のまま三人揃って眠りこんでしまったのだ。

「……って、なんだ、これ？」

大介は、腰のあたりでフワフワした感触が蠢《うごめ》いていることに、ようやく気づいた。

階段のドアが開いていて、入院中の犬でもやってきたのだろうか？

そう考えた少年は、下半身に目を向けた。

「……尻尾？」

それは、まぎれもなく尻尾の先端部だった。しかも、毛並みや色や長さは、間違いなくキツネのもので……視線を移すと、その根元は大介の横で裸のまま寝ている上級生の尾骨あたりにある。

大介は、あわてて二人の少女の顔に目をやった。

「んなっ！　なななななななななっ!?」

もはや意味のある言葉にならず、少年は目を丸くしてベッドから飛び起きた。

その素《す》っ頓狂《とんきょう》な声で目が覚めたのか、眠っていた少女たちが目をこすりながら身体を起こす。

「ん～、大介ぇ。いったいどうしたニャ？」

「すごい声を出して、なにかあったコン？」

と言いながら起きあがった真由の頭にはネコ耳が、静華の頭にもキツネ耳がしっかりと生えている。

「………………」

新たな波乱の予感に、大介は言葉もなかった。

美少女文庫
FRANCE SHOIN

にゃんコン！

ネコ耳《みみ》ナース？　キツネ巫女《みこ》？

著者／石川千里（いしかわ・せんり）
挿絵／成瀬 守（なるせ・まもる）
発行所／株式会社フランス書院
〒112-0004　東京都文京区後楽 1-4-14
電話（代表）03-3818-2681
（編集）03-3818-3118
URL http://www.france.co.jp

印刷／誠宏印刷
製本／宮田製本

ISBN978-4-8296-5808-6 C0193

原稿大募集 新戦力求ム!

フランス書院美少女文庫では、今までにない「美少女小説」を募集しております。優秀な作品については、当社より文庫として刊行いたします。

◈応募規定◈

★応募資格
※プロ、アマを問いません。
※自作未発表作品に限らせていただきます。

★原稿枚数
※400字詰原稿用紙で200枚以上。
※フロッピーのみでの応募はお断りします。
必ず**プリントアウト**してください。

★応募原稿のスタイル
※パソコン、ワープロで応募の際、原稿用紙の形式にする必要はありません。
※原稿第1ページの前に、簡単なあらすじ、タイトル、氏名、住所、年齢、職業、電話番号、あればメールアドレス等を明記した別紙を添付し、原稿と一緒に綴じること。

★応募方法
※郵送に限ります。
※尚、応募原稿は返却いたしません。

◈宛先◈

〒112-0004 東京都文京区後楽1-4-14
株式会社フランス書院「美少女文庫・作品募集」係

◈問い合わせ先◈

TEL: 03-3818-3118
E-mail: edit@france.co.jp
フランス書院文庫編集部